Leonhard Loreks Gedichte und poetische Prosatexte zeichnet eine »klare, knappe Sprache« (Berliner Zeitung) aus, die den Leserinnen und Lesern mitunter den Boden unter den Füßen wegreißt. Lorek kann ganz ohne Wortgeklingel die Weltwahrnehmung erschüttern. Und treffen: »Gedichte sind ein brauchbares Mittel, jedwedem Seelenelend beizukommen. Sie helfen einem, sich selbst zu ertappen, Unausweichlichem den Status der Konsequenz zuzugestehen, sich zu verhalten. Gute Gedichte sind wie gute Therapeutinnen, Analytiker; was sie von diesen unterscheidet, ist zweierlei: Zum einen tritt ihr Unterhaltungsfaktor anders in Kraft und zum anderen sind sie unbezahlbar.«

Leonhard Lorek

daneben liegen

VERBRECHER VERLAG

Erste Auflage
Verbrecher Verlag Berlin 2009
www.verbrecherei.de

Einbandentwurf: Sarah Lamparter
Satz: Christian Walter
Grafik: Gösta Wellmer
Lektorat: Konrad Krämer

ISBN: 978-3-940426-30-7

Printed in Germany

Inhalt

Wirtschaft, Tod und zehn Gedichte.

Im Dutzend sitzen sie um einen Tisch herum, morgens um halb zehn: Der Chief Development Officer, der CCO, CBO, CAO und wie sie alle heißen mögen; Leistungsträger, durch die Bank. Visionäre in ihren Ressorts, zu Höherem berufen. Sie sind zur Sitzung einbestellt worden, weil Köpfe rollen sollen. Draußen, am Ende einer marmorbelegten, taunassen Terrasse, lehnt ein Engel an der Balustrade, das Gesicht dem Sitzungsraum zugewandt. Mit dem Unterarm stützt er sich auf der Brüstung ab. Die um den Tisch versammelten Manager nehmen ihn nicht wahr, bis auf einen: Einer sieht ihn, durch Flügeltüren hindurch, die angelehnt sind. Der Engel klimpert mit langgestreckten Fingern auf der Brüstung herum, ohne Hast. In der milchigen Morgensonne wirkt er etwas zerstreut. Den einen, der ihn sieht, fröstelt es: Geht es doch auch um seinen Kopf in dieser Runde. Einen, also zumindest einen von ihnen, wird der Engel mitnehmen. Er ist abholen gekommen. Die gesamte Sitzung über wird der Mann, der den Engel sieht, Gedichte herunterrasseln. Zehn Gedichte kann er auswendig. Während sein Tischnachbar Strichmännchen kritzelt und ein anderer unterm Tisch gegen eine Erektion ankämpft, indem er heftig mit dem Ringfinger gegen seinen harten Schwanz schnipst, rasselt der, der den Engel sieht, Gedichte herunter. Gedichte bedeuten für ihn Ordnung, Struktur. Er betet Struktur in sich hinein. »Zu irgendetwas müssen Gedichte ja gut sein«, wird der Mann irgendwann sagen.

So weit der Plot einer Novelle, an dem ich auch heute nichts ändern würde, wenn ich der Ansicht wäre, sie schreiben zu müssen. Nun ja: Das Dutzend würde ich streichen. Das Dutzend war mir schon damals nicht geheuer. Männer im Dutzend, um einen Tisch herum versammelt, könnten eine Abendmahlsituation assoziieren, selbst morgens um halb Zehn, ganz egal wie groß der Tisch ist. Das aber war nicht meine Absicht. Der Text war für eine Sammlung von Erzählungen vorgesehen: In Grenzsituationen zum Tod hin sollten darin Engel zum Zug kommen, oder zumindest auf ihren Einsatz warten. Den Engeln fiel dabei die Aufgabe zu, asexuelle, professionelle Dienstleister zu sein: Ein Servicepersonal, das alle Zeit der Welt hat, diese aber nicht mit sich bringt.
Die Idee für den Text mit den kopflosen Eliten entstand kurz nach der Jahrtausendwende. Ich hatte ein Gedicht geschrieben, nach Jahren mal wieder. Und: Es hatte geholfen. Also: zumindest mir. Es kriselte damals. Dass Gedichte in solchen Situationen helfen können, weiß ich. Es kriselte damals sogar zweifach: in mir und um mich herum. Zu dieser Zeit war die New Economy an allem schuld. Sie hatte ihren Atem ausgehaucht. Die Hype-Kurven der am Neuen Markt notierten Wertpapiere waren von der Kurzatmigkeit getriggert worden, das ungläubige Staunen der Beteiligten hatte die Unbeteiligten eine Saison lang amüsiert, statt Koks lagen wieder Fischstäbchen auf dem Tisch, die Krise beherrschte die Tagesordnung. In den Firmen, den neuen wie den alten, ging jedoch alles seinen gewohnten Gang. Dort waren weiterhin Visionäre am werkeln. Wenn etwas schief ging, war der mit der aktuellen Vision daran schuld. »Kopf ab« hieß in der Regel: wegloben,

mit Geld. Mit dem goldenen Handschlag für den Entsorgten, sorgte dessen Nachfolger für möglichst viel Platz, sich selbst breit zu machen. Es war eine Art Reise nach Jerusalem, um Chefsessel herum. Es war damals möglich, innerhalb nur eines Jahres, dem Typen zu kündigen, der einen eingestellt hatte.
Das Gedicht hatte ich aber nicht der Dotcom-Blase wegen geschrieben. Der Anlass war ein völlig anderer: Ich hatte zu diesem Zeitpunkt etwas zu klären, etwas zwischenmenschlich Schwerwiegendes, dermaßen Vertracktes, dass ich mir keinen anderen Rat mehr wusste, als ein Gedicht zu schreiben. Wie gesagt: Gedichte können helfen. Ich für mein Teil wusste mir zu helfen, fühlte mich daraufhin befreit und hätte gern ein paar Tage lang der ganzen Welt Gedichte verabreicht, gegen den Kummer. Eine Wirtschaftskrise gerät immer auch zu einer gesellschaftlichen – schließlich hat sie ja ihre gesellschaftlichen Ursachen. Das kann zu Depressionen führen, zu großen. Und gute Gedichte sind ein brauchbares Mittel, jedwedem Seelenelend beizukommen. Sie helfen einem, sich selbst zu ertappen, Unausweichlichem den Status der Konsequenz zuzugestehen, sich zu verhalten. Gute Gedichte sind wie gute Therapeutinnen, Analytiker. Was sie von diesen unterscheidet, ist zweierlei: Zum einen tritt ihr Unterhaltungsfaktor verschieden in Kraft, und zum anderen sind sie unbezahlbar. Insofern ist es auch unökonomisch, Gedichte zu schreiben. In einer zerwirtschafteten Gesellschaft schlagen sich Aufwand und Nutzen nur pro forma im Preis einer Dienstleistung nieder. Der Ansatz zu dieser Kalkulation schließt nicht nur den Umstand ein, dass es ungemein lange

dauern kann, ein gutes Gedicht zu schreiben – es überhaupt zu lesen, hat in einer hyperventilierenden Marktgesellschaft so gut wie niemand die Zeit. Es dauert einfach zu lange, beides. Mit einem Gedicht ist man, so man will, ganz allein. In einer Therapie jedoch ist man zumindest zu zweit. Zweisamkeit ist bezahlbar. Ihren Unterhaltungsfaktor initiiert die Distanz.
Aus solchen Überlegungen heraus resultierte damals mein Vorhaben, den diskreditierten Wert von Gedichten auf eine absonderliche Art zu literarisieren: Während sich um den Tisch herum alle nervös der Ablenkung vom Dilemma hingeben, nutzt ein einziger die Struktur von Gedichten, sich zu konzentrieren, zu stabilisieren. Er pumpt Form in sich hinein, um sich in Form zu bringen. Ein übler Gegenentwurf zu meiner eigenen Begrifflichkeit von Poesie. Für mich haben Gedichte in etwa so zu wirken wie Calgon: Kalk lösend, Verkrustungen aufhebend. Ansonsten taugen sie nichts. Genau daher rührt aber wohl auch die weit verbreitete Angst vor Poesie. Was der einen Kalk ist, ist dem anderen Halt, Stabilität, oder genauer: die Suggestion derselben. Ein Korsett, für die Psyche, das zumindest ein Zuschaustellen von Haltung möglich macht.

Als mir mein Verleger gegenüber saß und sagte »Du machst es jetzt. Es ist eine gute Zeit für Gedichte.« fiel mir das wieder ein. Jörg Sundermeier und ich waren zum Essen verabredet gewesen; das, was die Arbeit am Roman immer wieder unterbrach, sollte Thema sein. Aber unser Gespräch verlief ganz anders. Während ich zuvor jahrelang verschiedene Angebote, einen Gedichtband zu veröffentlichen, abgelehnt hatte, oder von mir halbherzig gegebene Zusagen nicht einhielt, ärgerte mich Jörgs Aufforderung nicht schon von vorn herein. Die Standardformel »Nach dem ersten Roman, meinethalben auch post mortem, aber nicht jetzt.« kam mir nicht über die Lippen. Was unter anderem damit zu tun hatte, dass ich wenige Tage zuvor gleich zwei Mal nacheinander mit Freunden über Gedichte gesprochen hatte – etwas, das seit vielen Jahren nicht mehr vorgekommen war.

Zuerst war da ein Abend mit Michael Turnbull. Wir waren nach dem Besuch einer Ausstellungseröffnung in Neukölln lange zu Fuß unterwegs, auf der Suche nach einem Laden, in dem wir rauchen konnten, sitzend. Wir fanden ihn schließlich in Kreuzberg, am Heinrichplatz. Zigaretten, Wein, spanische Touristen und Sitzplätze; und wir: Wir redeten über Brecht – dass ihn und Christo wenig unterscheide: beide seinen einfallsreiche Verpackungskünstler – lauter so launiges Zeugs. Und wir redeten über Rimbaud. Ausgerechnet Rimbaud und Brecht, zwei wirklich Große. Wir nahmen uns, unbeabsichtigt, einen Abend lang Zeit.
Als ich Mitte der Achtziger Rimbauds »Le cœur volé« ins Deutsche übertrug, hatte ich Zeit, viel Zeit. Ich hatte viel Sex und permanenten Liebeskummer und war dabei auch noch so ganz und gar nicht abgebrüht; zumindest nicht in dem Maße, wie ich es gern gewesen wäre, beziehungsweise der Ansicht war, sein zu sollen. Rimbauds Gedichte hatte ich nur in deutschen Übertragungen gelesen, wobei mir – ohne dass ich auch nur eine Spur Französisch kann – durchweg klar

war, dass diese nicht stimmen konnten. Ich wollte wissen, warum. Weil: Egal wie fahrlässig, prätentiös oder poetisch frömmelnd diese Nachdichtungen waren – sie transportierten immer noch eine beeindruckende Portion Energie, sie machten mich sehr neugierig. Frank Lanzendörfer verhalf mir dann über jemanden aus seinem Freundeskreis zu einer fünfzehnseitigen Interlinearübersetzung des französischen Originaltextes. Ich wollte jedes Wort in allen seinen Deutungsmöglichkeiten, und jede Wortkombination in ihren möglichen und unmöglichen Folgen aufgelistet haben. Wie gesagt: Ich hatte damals Zeit.

Legt man Qualität wie Quantität von Kunst – wozu auch Literatur zählt, und demnach Gedichte – als Maßstab für die Effizienz von Krisen an, wird es möglich, nahezu die gesamte Ostblockära als eine zähe Krise zu betrachten, als die bisher längste des Kapitalismus. Krisen beginnen nur mir Hektik, aber die gibt sich. Denn anhaltende Hektik langweilt. Und die Ratlosigkeit im Herbeiführen von Besserung bessert die Lage für die Entstehung von Kunst, von Poesie. Erschöpfung ist Voraussetzung. Folgerichtig okkupiert auch die eigene Emsigkeit den Alltag nicht mehr in der Totalen; was für die Einen Langeweile bedeutet, bringt für andere das Quantum Zeit mit sich, mehrmals durchzuatmen, sich auf sich selbst einzulassen, wobei eigene Krisen offensichtlich werden können. Der gesellschaftliche Klimawandel trägt dazu bei, dass Gedichte Zeit bekommen: Die Zeit, sie zu lesen, die Zeit, sie zu schreiben. Und die 80er Jahre des vergangenen Jahrhunderts waren, östlich des Eisernen Vorhangs, vor allem eine Zeit des Überdrusses. Was Wunder, dass ich während dieser

Zeit die meisten meiner Gedichte geschrieben habe. Im Prenzlauer Berg hatte ich sogar die Zeit, den zahlreichen Nuancen im Grau der bröselnden Häuserfassaden Bedeutung beizumessen. Darum, was Gedichte mit Zeithaben zu tun haben, ging es auch in dem Gespräch mit Michael.

Als mir Rimbauds Gedichtpartikel, aufgeschlüsselt in ihre vielen Bedeutungsmöglichkeiten, vorlagen, lag auch auf der Hand, warum ich den mir bekannten Übertragungen misstraute. Ich war siebenundzwanzig, also knapp zehn Jahre älter als Rimbaud zu dem Zeitpunkt, als er dieses Gedicht zustande gebracht hatte. Ich kam mir alt vor. Aber um wie Vieles älter waren die anderen, die diese Gedichte zuvor übersetzt, nachgedichtet hatten? Es waren alte Männer im zwanzigsten Jahrhundert gewesen, die all das Revolutionsgedöns, das Beschwören von Radikalität und Brillanz aufgefahren hatten, um sich vor etwas sehr Banalem zu drücken. Denn bei Rimbaud passiert zunächst einmal nichts weiter, als dass ein rundum unterfordertes, enorm begabtes Bürschchen aus der katholischen Provinz – ich selbst bin in Oberschlesien geboren und habe dort die ersten zehn Jahre meines Lebens verbracht: Ich weiß in etwa, was »rundum katholisch« heißt – an die Welt gerät, randvoll mit Testosteron und wirren, ambivalenten Gefühlen. Damals wollte Rimbaud geliebt werden und er wollte lieben. Nur hatte er beides nicht gelernt. Wo denn auch? Bei Mutter Vitalie? Vielleicht bekam er bei Izambard eine Ahnung davon, wie es sein könnte. Bei Vitalie lernte er, was »versorgt sein« heißt. Was es heißt, Versorger zu sein, erfuhr dann Verlaine. Ich hab's bei Agnieszka Holland bestätigt bekommen, zehn Jahre später. Frauen gehen mit Homosexualität nun mal entspannter um als Männer. In Hollands Film »Total Eclipse« gibt Leonardo DiCaprio den Rimbaud auf eine nahezu grandiose Weise. Noch besser ist David Thewlis in der undankbaren Rolle des Verlaine. Der Film, in dem den Kritikern der Dichter fehlte, bringt es auf den Punkt. Den praktisch schwulen Teenager blendeten die mir bekannten Rimbaudübersetzer aber aus. Sie hinterließen alle den Eindruck, ihn in ihrem Fasziniertsein der Banalität entrücken zu müssen und servierten ihr Nachgedichtetes – ich unterstelle: ungewollt – als Teetassen aufwühlenden, bildungsbürgerlichen Schnickschnack.

Rimbaud selbst aber betrieb die Verkunstung des Banalen. Weil: Ficken geht einfacher als Lieben. Warum auch nicht. Schneller geht's ohnehin. Geheuer war das dem sehr jungen Dichter jedoch nicht. In »Le cœur volé« schimpft ein Postadoleszenter in der Pose einer wunden Dogge wie ein Rohrspatz. Matrosen haben es ihm angetan. Haarige, verschwitzte Körper. Tätowierte Haut. Tattoos sind immer auch Bewaffnung, Panzerung. Und in jedem Hafen eine andere Braut. Das Fernweh. Die Angst einjagende und betäubende Option, nur als Objekt genießen zu können, als Subjekt jedoch zu versagen. Allerdings ist es bei Rimbaud nicht nur ein Jammern auf hohem Niveau. Rimbaud nähert sich in diesem Text sich selbst. Dieses Gedicht ist für ihn gefährlich. Er erschreibt sich. Was er beschreibt, sind Bagatellen. Er therapiert sich, portionsweise. Rimbaud, der die Welt zur Besserung verpflichtet, obwohl er sich selbst nicht leiden kann. Er wird's kapiert haben; schließlich habe ich es ja auch kapiert. Er wird begriffen haben, dass das so nicht geht. Anschließend wird er wohl mit sich selbst einverstanden gewesen sein, und das – wahrscheinlich – im Fatalen. Denn nach diesem Gedicht bleibt genau die Person übrig, für die die Schwulen die Formel »Beautiful brutal thing« parat haben, und für die Verlaine in den Knast musste. Das Einverstandensein im Fatalen unterstelle ich ebenfalls Brecht. Beide Dichter waren Egomanen; so viel ist bekannt. Rimbaud: Ein reuefähiges Raubtier. Brecht ebenfalls, und auch der Dichter Brecht greift nach Matrosen. Der Grund dafür mag bei beiden ein sehr ähnlicher sein, die Konsequenzen sind aber andere. »Nimm doch die Pfeife aus dem Maul, du Hund« hätte Bertolt Brecht ein sich vernachlässigt fühlender Arnolt Bronnen vorhalten können. Was sich zwischen diesen Beiden abspielte, ist jedoch etwas anderes, als das zwischen Verlaine und Rimbaud. Und es hat mit dem Dichter Brecht kaum etwas zu tun. Bronnen brauchte auch nicht ins Gefängnis.

Zu dem wirklich Schönen an Rimbauds Gedichten gehört, dass den Texten ein enormer Grad an Musikalität eigen ist. Dennoch ist es häufig möglich, ihnen Musik beizufügen. Bei Brecht geht das nicht. Brecht weiß das sauber zu trennen: Hier die Gedichte – hier die Lieder. Brechts Gedichte sind Musik, spröde, elegant. Seine Liedtexte hingegen lassen Musik von außerhalb zu, brauchen sie. Und sie verdienen nicht nur allerhöchsten Respekt: Das Zeug ist schlichtweg geil. Das geht in die Eingeweide. Das geht ins Hirn. Das ist komplex – komplex menschlich. In den Höhen, in den Niederungen. Während Rimbauds »Le cœur volé« formal sowohl als Gedicht wie auch als Lied durchgehen kann, macht Brecht dem Surabaya Johnny einfach nur ein Lied. Der Text ist Fazit,

Brecht sucht darin nichts mehr. Brechts Beutespektrum ist breiter als das Rimbauds. Brecht will auch Ruhm. Er erklärt sich die Welt nicht im Gedicht. Das besorgt er im Vorfeld. Im Gedicht teilt er Weltsicht mit, seine, die nicht von ungefähr die gültige ist. »Mitteilen« scheint für beide etwas anderes zu bedeuten. Rimbaud erklärt sich im Gedicht, erklärt sich damit der Welt, klärt Weltzustand, der wiederum der seine ist. Der Dichter Rimbaud ist Analytiker, der Dichter Brecht ein postanalytischer Didakt. Dieser Herr Brecht hat einen Anteil daran, dass ich im Deutschunterricht die Kategorie »Gedichtinterpretationen« als ein Gespenst erlebt habe. »Was will der Dichter uns damit sagen?« Was für eine feige, dämliche Frage – als würden Dichter Kreuzworträtsel entwerfen, verzwickte, die es zu lösen gilt. Diese Fragestellung versaut den Zugang zu Gedichten, sie ist lustfeindlich. Unterhaltungsfaktor: negativ. Kurzum: Ja, auch die Guten richten Unheil an. Womit ich in den Niederungen angekommen wäre. Mir wird grad wohler beim Schreiben.

Jean Nicolas Arthur Rimbaud braucht bereits zwei Jahre nach der Affäre mit Paul Verlaine keine Gedichte mehr zu schreiben. Er weiß mit sich selbst umzugehen. Er lässt seine Energie ins nackte Leben sprudeln. Brecht wiederum portioniert die seine und schleust einen erheblichen Teil davon in Literatur, in Gedichte. Rimbaud hatte bereits als Einundzwanzigjähriger alles erreicht, was ein Einundzwanzigjähriger dieses Formats erreichen kann. Ihm bedeutete Ruhm daraufhin zu wenig, sich dafür noch krummlegen zu wollen, sich zu disziplinieren. Brecht schrieb bis ins hohe Alter Gedichte. Vielleicht aus Gewohnheit. Vielleicht aber auch, weil es ihm in

der Konsequenz nicht daran gelegen war, es mit sich selbst in Gedichten soweit zu treiben, wirklich klar zu kommen. Brecht war der ängstlichere von Beiden: der Erfolgreiche. Und was die Niederungen angeht: Ich muss zu meiner Überraschung – jetzt, beim Schreiben – feststellen, dass mich Gedichte weiterhin aufregen.
Als in Berlin in den 90ern der Potsdamer Platz noch eine Zwangsvereinigung von Baulöchern war, war ich dort mit Nino Sandow in einem VW-Bus unterwegs. Nino war zu der Tour von einem Freund eingeladen worden, der auf dem Potsdamer Platz Bauleiter war. Und Nino nahm mich mit. Wir fuhren durch Nieselregen und der Mann am Steuer erklärte uns, warum auf der damals größten Baustelle Europas unter Videoüberwachung gebaut wurde, welchen Ärger mit dem Baugrund die Stadt Berlin als Bauherr auszubaden hatte und warum die Holländer vor Ort die anstandslos respektierten Meister seien. Er erklärte uns auch die tückischen Eigenschaften des märkischen Sandes, aus dem der Baugrund bestand. Es war interessant. Interessant wurde es für mich dann wenige Tage später noch mal. Wir sahen uns wieder. »Ich wusste ja gar nicht, wer du bist. Weil: Ich hab deine Gedichte früher als meine eigenen ausgegeben und damit Mädels angebaggert.« Ich fragte »erfolgreich?«. Er sagte »ja«. Die Dosis Egofutter, die ich abbekam, reichte aber nicht lange hin, denn mir ging auf, dass das wohl mit jedem x-beliebigen Gedicht hätte klappen können, womöglich sogar mit Rilke. Hauptsache »Ein Gedicht! Ein Gedicht für mich.«. Schwerwiegend war dann allerdings, dass mir jemand sagte, dass ihm eines meiner Gedichte das Leben gerettet hätte. »Gut,«

dachte ich mir, »dir also auch.« Heute würde ich sagen: »Nennen wir's Ökonomie!«. Gute Gedichte sind nun mal dazu geeignet, Existentielles auszuloten, Grenzsituationen zu provozieren. Sie machen es einem möglich, Grenzen zu überschreiten, an neue zu stoßen, diese gegebenenfalls zu respektieren oder ebenfalls zu überschreiten. Der Tod hat in solchen Gedichten kein ödes Zuhause.

So viel zum Aufregungspotential von Gedichten. An dieser Stelle fällt mir auf, dass ich noch nie das Bedürfnis hatte, für mich zu klären, was ein Gedicht überhaupt ist. Klar ist mir, was flüssiges, unterkühltes Grenzflächenwasser auf dem Mars ist. »Dabei handelt es sich im Allgemeinen um an Grenzflächen von Festkörpern – beim Mars sind es im speziellen Mineralien und Eiskristalle – anhaftendes Wasser. Dieses, nur wenige monomolekulare Schichten bildende Wasser, bindet sich stärker an die Festkörperoberflächen als die Wassermoleküle aneinander. Dadurch wird beim Unterschreiten der Gefrierpunkttemperatur von 0 °C die Ausrichtung zu Eiskristallen eingeschränkt bzw. verhindert. Der Prozess des Gefrierens verschiebt sich in erheblich geringere Temperaturbereiche, wobei das Gefrieren des anhaftenden Wassers bei der oberen, letzten monomolekularen Schicht beginnt und sich mit weiter abnehmender Temperatur bis zur ersten, am Festkörper gebundenen Schicht durchsetzt. Diese, erste Schicht kann sich noch bei Temperaturen unter -100 °C in einem quasiflüssigen Zustand befinden.« Mein Bruder ist Physiker, Naturwissenschaftler, er muss Phänomene seiner Domäne sauber determinieren. Ich habe Gedichte geschrieben, bin demnach Dichter, und kann es in meinem Ressort nicht.

Muss ich es können? Ich bin kein Wissenschaftler. Sind Büttenreden Gedichte? Nun ja: Sie reimen sich. All das gereimte Elend, mit dem Menschen das Internet vollstopfen – aber ja doch, gewährt: Es sind Gedichte, verhaftet im Gestus des 17ten oder 18ten Jahrhunderts, als es zum guten Ton gehörte, Begräbnisse zu bereimen. Bei Klassentreffen und Silberhochzeiten geschieht das auch heute noch. Es sind nun mal Gedichte, die da vorgetragen werden. Was diese aber nicht mit sich bringen, ist: Poesie! Poesie ist nicht nur Gedichten eigen, so viel ist klar. Poesie in ihrer text-, wort- und sprachanimierten Erscheinung verursachen Gedichte jedoch weitaus häufiger und dringlicher, als es Prosa vermag. Das kann aufregend sein.

Und hier komme ich zu dem zweiten Gespräch über Gedichte, das ich geführt hatte, eh mir mein Verleger beim Essen gegenüber saß. Ich hatte mit Evgnij Dvorkin telefoniert. Evgenij ist weitaus jünger als Michael. Er ist nicht einmal halb so alt. In dem Gespräch zwischen Michael und mir spielte Zeithaben eine ganz andere Rolle, als in diesem. Begegnet sind Evgenij und ich einander auf einer bekannten Internet-Plattform, die irgendwann einmal mit dem Anspruch, mit der Verheißung, »Social Network« an den Start gegangen war: Wir sind uns auf MySpace begegnet. Was die soziale Komponente des Netzwerkes betrifft, so ist diese nicht sonderlich ausgeprägt. Ein Großteil der Beteiligten, es sind Millionen, kommuniziert dort mit Informationen, mit Informationsmomenten, wobei den Informationsquellen der Staus »Subjekt« kaum zugestanden wird. MySpace ist zuallererst ein gigantisches Exhibitionistenvarieté mit erheblichem Unterhaltungswert. Der Anlass der Begegnung mit Evgenij Dvorkin war Musik. Was darauf folgte, war Kommunikation, die sich vom Standard unterschied. Und was darauf folgte, war für mich überraschend: Evgenij war jemand, der, je nach Tagesform und Laune, seinen Profilnamen änderte. Andere machen das auch. Aber seine Profilnamen hatten es in sich. Mir kamen sie vor wie Instant-Gedichte. »Lärmwärme« beispielsweise. Oder – um einiges komprimierter – »Ratbit«. Ich weiß nicht, ob es eine Mindestanzahl an Buchstaben gibt, die ein Gedicht ausmacht. Aber in Ratbit steckt für mich mehr poetische Dynamik, als in den verreimten Erzählungen unserer Klassiker, den so vortrefflich formulierten. Als ich anfing Gedichte zu lesen – Gedichte, die mehr waren als kunstfertige Liedtexte – hatte ich damit so meine Schwierigkeiten. Oder anders: Ich hatte Schwierigkeiten mit mir selbst. Ich las Friedrich Hölderlin genau so, wie ich zuvor Friedrich Schiller oder Friedrich von Sallet gelesen hatte. Ich war ein ungemein schlichter Leser, emsig auf der Suche nach dem »vortrefflich Formulierten«, fixiert auf das Entschlüsseln von Metaphern, auf das Transformieren des Eigentlichen ins Uneigentliche. Ich meinte, übersetzen zu müssen. Ich rackerte mich auf genau der Ebene ab, von der an Gedichte beginnen sich vom Lied zu emanzipieren. Spätestens bei den Expressionisten brachte ich es dann nicht mehr fertig, Gedichte zu Ende zu lesen; ich las sie immer wieder und war gar nicht mehr am Text, ich war woanders. Es dauerte etwas, bis ich mich selbst nicht mehr für zu dämlich hielt, mit Gedichten umzugehen, bis ich Sprachrhythmik, Sprachmelodik nachgab, sie nicht mehr von der Information abkoppeln wollte, von der vordergründigen Bedeutung der Wörter, bis ich der Verführung nachgab, in mir selbst unterwegs zu sein. Ein gutes Gedicht hört nun mal nicht auf. Auch darum ist es unbezahlbar.

Evgenij Dvorkin verkunstet seine Seelenzustände in wechselnden Profilnamen. Er benennt sie und abstrahiert sie. Als Dichter sieht er sich nicht. Mit 23 waren für mich solche Wortkombinationen, Fusionen, zumindest Bestandteil von Gedichten, häufig sogar der direkte Anlass dafür, Gedichte zu schreiben, zu verfassen, herzustellen – wie auch immer. Das war aufregend, mit damals noch unabsehbaren Folgen. Rimbaud bannt in Gedichten Angst; zumindest legt er es auf eine faszinierende Weise darauf an, seine Angst, auch die vor sich selbst, zu bannen. Bei Dvorkin hat das Bannen – ein beiläufiges, im Übrigen – ebenfalls Poesie zum Effekt. Poesie 2.0 oder 3.0, wenn man so will. Die Zugriffsmöglichkeit darauf ist für Milliarden von Menschen, weltweit, schnell gegeben. Die Verdichtung auf ein Wort, die Funken schlagende Kollision zweier, dreier Wörter, hat hier vor allem mit Zeithaben zu tun. Das ist effizient. Auf MySpace trifft man Leute an, die dort Tag für Tag unterwegs sind, jeweils über viele Stunden; aber Zeit bringen nur die wenigsten von ihnen mit. Insofern haben gute Profilnamen im Netz eine ähnliche Funktion, wie sie einst die Pappschilder an der Autobahnauffahrt hatten, beim Trampen. Anders als diese transportieren sie jedoch gleich eine Vielzahl von Informationen. Wem das Schild »Lärmwärme« nicht auffällt, hält nicht an. Gut so: Wäre ohnehin keine relevante Reisebegleitung. Profilnamen filtern. Evgenij weiß vortrefflich zu formulieren, aber Poesie

rührt nicht allein aus dem vortrefflich Formulierten. Wäre dem so, könnte Spiegel online allein schon der Schlagzeilen wegen als ein poetisches Forum gelistet werden. »Klinsmann zwischen Hoeneß und Hölle« ist nun mal vortrefflich formuliert.
Als ich Evgenij schließlich ein Gedicht schickte, haben wir auch darüber geredet – kurz. Davon einmal abgesehen: Reisen mit Herrn Dvorkin ist ungemein unterhaltsam, über weite Strecken. Man sieht sich.

Ich muss zugeben: Als ich anfing diesen Text zu schreiben, habe ich mich davor gedrückt, die eigenen Gedichte, die hierfür Ursache sind, zu lesen. Ich war durchaus bereit, sie anderen zu überlassen; obwohl ich der Ansicht bin, in diesen Texten zu Hause zu sein, mich darin frei bewegen zu können, wollte ich sie jedoch an mich nicht so ohne Weiteres wieder heranlassen. Dabei haben diese Gedichte einen erheblichen Anteil daran, wer und wie ich heute bin. Angst vor Poesie? Die Antwort auf das »warum« stellt sich schnell ein, mit einer weiteren Frage: Warum hören gute Dichter so früh auf zu schreiben? In dem Moment, wo Gedichte wieder am Horizont – an meinem – auftauchen, bin ich durchaus der Ansicht, mit mir selbst zurechtzukommen. Aber: Gute Gedichte wirken wie Calgon. Und die Arbeit an einem Buch ist nicht nur die meine, sondern auch die des Verlages. Diesen hatte meine Befindlichkeit ab irgendwann nichts mehr zu kümmern. Ganz konkret: Es ging um die Vermarktung des Buches und ich hatte das Dutzend Gedichte auszuwählen, das bereits im Vorfeld in Umlauf sollte. Also musste ich lesen.

Zu den Gedichten, für die ich mich schließlich entschied, gehörte auch »das geprellte herz«, meine Übertragung von Rimbauds »Le cœur volé«. Als ich dieses Gedicht gelesen hatte, wusste ich, worüber ich in diesem Essay schreiben wollte. Ich wollte über Zeit schreiben, über Zeithaben und Poesie. Über Poesie, weil sie nicht nur Gedichten eigen ist. Und über das Zeithaben, weil es Poesie in Kraft setzt. Ich hatte anfangs in Erwägung gezogen, die Rimbaudübertragung formal gegenwartstauglich zu machen. Ein Kunstgriff hätte genügt – wer weiß denn heute noch was »Knaster« ist? Schon zu der Zeit, als ich das Gedicht schrieb, musste ich im Lexikon nachschlagen. Aber wenn ich den Knaster ausgewechselt hätte, hätten auch die Matrosen weg gemusst. Beim Stichwort fallen mir heute bestenfalls noch somalische Piraten ein, die die »MV Hansa Stavanger«, die zur Reederei Leonhardt und Blumberg gehört, in ihre Gewalt brachten. Die Pioniere der Globalisierung sind in der globalisierten Wirklichkeit nicht mehr Objekte der Begierde, als Projektionsflächen für Fernweh und Sehnsucht taugen sie auch nichts. Das letzte Mal, als ich selbst einen Matrosen gebrauchen konnte, brauchte ich ihn für einen Liedtext:

Ein Seemann
muss aufs Arbeitsamt,
ein Seemann
der gut schwankt.
Der Seemann
hat die ganze Nacht,
die ganze

Nacht getankt.
Und hat sich durchgezappt
durch die Kanäle,
von See zur See,
von Mast zu Mast,
von Braut zu Braut.
Und hat dem Herrgott
bei der Rettung
mancher längst verlorn geglaubten Seele
zugeschaut
und ihm gedankt,
und viel getankt.

Chips, Schnaps, Bonbons, Bonbons, sang ein fünfzehnköpfiger Männerchor dann im Refrain, immer wieder. Ergreifend. Ich hatte meinen Beitrag zu einer hochseetauglichen Schunkelnummer abgeliefert. Ähnlich erging es übrigens auch dem Engelseher aus der morgendlichen Krisensitzung. Weil: Die infolge der geplatzten Dotcom-Blase ausgebrochene Krise war nicht sonderlich effizient, sie betraf zu Wenige. Und so reichte mir das Thema grad mal, einen kleinen, charmanten, semielektrischen Popsong mit Text auszustatten. Das Lied hatte den zungenbrecherischen Titel »Storagemanagementadministrationssuitesalesman«. Es macht noch heute Spaß, sich das Video dazu anzusehen, auf MySpace.
Als ich mich entschlossen hatte, nichts mehr an dem Rimbaud-Text zu ändern, galt das auch für das andere Material in diesem Buch. Geschrieben habe ich das Meiste ohnehin mit einem Seitenblick auf die Ewigkeit. Dichter sind nun mal so.

Wenn ich diesen Text hier jetzt durchsehe, so sind Wirtschaft, Tod und Gedichte abgehandelt. Bleibt noch die Zehn übrig. Das Buch versammelt mehr als zehn Gedichte, aber eben nicht nur Gedichte. Ein Vielschreiber war ich noch nie. Über Poesie habe ich bereits gesprochen – ich habe ein blütenreines Gewissen, niemals zu irgendeiner von deren Krisen durch die Inflationierung von Text beigetragen zu haben. Wie war das noch mal mit den Zertifikaten, den wertfreien Papieren in dem Sektor der Wirtschaft, der jetzt nicht mehr »Realwirtschaft« heißt? Und: Ja, ich kann die Krise als den Schönheitsschlaf des Kapitalismus aufs freundlichste willkommen heißen. Ja, mein Verleger hat womöglich Recht damit, dass es eine gute Zeit für Gedichte ist, auf absehbare Zeit vielleicht sogar eine der letzten guten Zeiten. Vielleicht birgt erst eine ferne Zukunft wieder eine neue gute Zeit für Gedichte, abgekapselt in Außenstationen beispielsweise, sehr weit entlegenen. Matrosen sind keine Attraktionen mehr, das Meer aber bleibt uns als Katalysator für Sehnsucht erhalten: seiner Weite wegen, die, anders als die des Universums, für uns als Entfernung fassbar ist, und wegen seiner Tiefe, der Abgründe wegen.

Jörg war übrigens gut gewappnet zum Essen erschienen und hatte noch einen zweiten, griffigen, Grund dafür parat, dieses Buch jetzt zustande kommen zu lassen. Er sagte, in Hinblick auf meine sich dahinschleppende Arbeit am Roman: Wir bekommen nie ein gutes Stipendium für dich, so lange du kein eigenes Buch vorlegst. Dieses Argument war nicht ausschlaggebend, dafür aber von einer ordentlich irdischen Relevanz. Insofern: »Eine gute Zeit für Gedichte« zum Zweiten,

ziehe ich den Mitnahmeeffekt in Betracht, sogar für einen Band: poetisches Krisenpapier, Hardcover.
Für den Gedichte herunterrasselnden Manager in der nicht geschriebenen Novelle hatte ich ja einen wichtigen Satz reserviert. Und mein verängstigter, im Konjunktiv abgesoffener Held wird genau in dem Moment ein literarischer, wenn ich ihn jetzt ganz kaltschnäuzig sagen lasse: Zu irgendwas müssen Gedichte ja gut sein.

kaperware koerperwaerme auf den
jahrmaerkten zwischen den kuesten
aprikosen und tulpen fuer fuenf mark

mein herr fuenf mark! anstehen im
angstschweiss der eigenen einsicht
en und sich die fuesse vertreten da

auf dem standpunkt so lange es
sich noch lohnt
uebers eis zu gehen

statement zum flugversuch mit sonett tausendundeins

die standorte unseres vergrenzens bedingen die grenzorte un seres verstandes. und unser ich ist ein kommissarisches. und das kommissarische ich bewegt sich in etueden echt. statisch ist der rahmen der oeffentlichkeit. innerhalb dieses rahmens sich die moeglichkeit einer eigenen dynamik zu verschaffen, ist das ich ein kommissarisches. punktuell kann diese dyna mik kollektiv wirksam sein. die erfahrung von bewegungen in etueden ermoeglicht den benutz von flugzeugen. im fluch und fluchtzeug erfaehrt das ich andere moeglichkeiten sich zu bewegen; ein kommissarisches braucht das ich nicht mehr zu sein und die oeffentlichkeit ist nicht mehr der fuer die ek sistenz anzulegende massstab.

der statische rahmen der oef fentlichkeit ist, im traditionell pragmatischen interesse der selben, einer der standorte unseres vergrenzens. werden wir die standorte unseres vergrenzens ueberfliegen, wird in jedem das angebot eines kettenkarussells bereitliegen.

jeder landeplatz ausserhalb des rahmens bisher beanspruchter oeffentlichkeit befindet sich wiederum in einer oeffentlich keit; in der anderen und neuen. und wieder ist das ich ein kommissarisches. die grenzorte unseres verstandes ruecken hierbei in abstaenden vor uns her. das kommissarische ich bewegt sich in etueden echt. die standorte unseres vergren zens sind neue. die erfahrung des ueberstandenen unterneh mens bringt die moeglichkeit eines groesseren spielraums mit sich; das hinterland ist erweitert. die standorte unseres vergrenzens sind nicht die grenzorte unseres verstandes.

michael fritz zickert   frank speckhals   leonhard lorek

berlin, im oktober 1983

von allen guten geistern verlassen
ist das vaterland eine vokabel irr
gendwo zwischen grenada und den
grusserweisungen aus dem landwehr
kanal kleiner gardeoffizier mit abitur

ist die heimat der geruch der hand
voll passbilder der einem anhaengt
wenns einem zum hals heraus haengt
mitm helm ab zum gebet ganz bleich

gesicht unter der geloebnissonne der
karibik die aus deinem schweren
weissen weissen blut einen film zieht

durch die hoellen von tarkowski irr
gendwo ueber grenada unterm grenzue
bergang im innerstaedtischen bereich

der friede sei mit euch
& jesus kruemmt sich & sitzt
auf dem breiten holz des
kreuzes
blaest durch die
beiden loecher in den
haenden seinen schwarzen
atem & schaut hinterher

maria magdalena in den
besten jahren kommt sich
auf ihn raufzusetzen fuer
fuenf mark der dee dee err

es faehrt ein wind herab von
golgatha & beiden durch
das frisch gewaschene haar

berlin, 1283

statement zur abfertigung von herz und knochen

hineingefickt in die dogmatik des polnischen ka
tholizismus von bauern und beamten der pflicht
verantwortungslos als opfergabe ausgeliefert

im treuen glauben an die redlichkeit der recht
zeitigen senilitaet des industrieproletariats ver
schrieben weiss ich wo die inkarnation meiner

geilheit abgeblieben ist als sie es einst vorzog sich
aus dem frost des ostens in die temperaturen
venedigs zurueckzuziehen wurden galiziens

grenzen zu pferde erreicht in den spuren der ab
rueckenden oesterreicher das bloe des bloeden
blutes nicht dem schnee als tarif des verrats ent

richten zu muessen die tradition als dialektischen
wesenszug im pragmatischen grinsen preussens
voll in der fresse fehlen nur juden und neger

die verkommenheit im charisma vollkommen feiern
zu koennen bin ich arsch genug mitteleuropa ohne
praeservativ abzunutzen und weise genug mir

ein skalpell zum geburtstag von thomas geschenkt
zu wuenschen das raetsel der platzangst vertikal
aus dem unterarm zu loesen um von amsterdam

aus nicht nur die wolkenkratzer auszumachen wel
che den stoff zum leben hergeben koennten fuer 1
statement zur abfertigung von herz und knochen

berlin, 0184

im wertwandel der wolkenkratzer

anecken im vorbeigehen im ver
beugen dass kain mal sichtbar wir
d was los ist ist klar aus der hand

zu lesen im loslassen und unfass
bar im sagbaren auf raten von fall
zu fall ziehen gefaehrdet die mue

den wanderer des weges orient
ierungslos ins labyrinth der truem
mer uns gott verdammter kinder

zimmer wo in den ausfallstrassen
allen falls die zeichen der zeit auf
die erloesung von dem boesen

angewiesen sind im segen der end
lichkeit lind und harm in den ar
kaden umgekippter muellcontainer

edelt die standhaft des widerstand
s die patina der gruesse von weit
ausserhalb im sog der formel

nur nicht aus liebe weinen es gibt
doch mehr noch als nur den einen
ort auf erden kein fall zu werden

mussten wir fortfahren in akten
vermerken zur graduierung schw
arz roter etueden all unsere fertig

keiten zu vervollstaendigen denn
jesus hat nichts verkuenden koen
nen in smaria schliesslich fiel

auch der letzte kuss ins schloss
vor ort und der mond brauchte kein
en mord mehr verfuegen und nun

schwimmt das herz auf der strasse
im taeglichen staub der eff sechs
undneunzig scharen sich aller

hand opfer in den schatten schwa
rz weiss gestreifter meilensteine
und fluestern den wanderern zu

nur nicht aus liebe weinen es gibt
doch mehr noch als nur den einen
es gibt gar viele auf dieser welt

und sind die maenner zunaechst
zu eng so sind frauen allein
auf dauer langweilig so liebe jede

n der dir gefaellt auf der strasse
schwimmt das herz im taeglichen
staub der alles wert ist fort fern

in den mietskasernen der stein
reichen stadt warten die wildfremd
en menschen einem jeden ein

tritt zu gewaehren der asyl sucht
der sucht der assoziation erlegen
dass das was nicht geschieht die

kreise zieht die der dichter 482 57
52 einmal die subversive lyrik nenn
en wird die schoen ist und religion

ist ein praeziser denkprozess und
gottes tod im angebot der nachfra
ge zuvorzukommen bin ich hier

eingetroffen wanderer mit den
atemzuegen die zu langsam waren
anzukommen blieben auch die

antworten auf der strecke und pan
ische aengste verloren ihre guten
und althergebrachten namen im

dschungel der seelen blieben sie
hinter einem jeden von uns zu
rueck nur habe ich in meine augen

eiswuerfel getan und kann nicht
aus liebe weinen wenn ich auch
fuehle es muss ja suende sein

luege ich laut eh der groschen faell
t fuer jeden der bisher umsonst ka
m und wechsele die themen ueber

die leiber mit den landschaften ein
es schoenen tages im verhaeltnis
1:2 oder ueberhaupt um nicht fuer

immer ein fuer immer auszuhalten
zu haben in der halbwelt deren hor
izonte mit den bremsspuren der

moderaten vorfahren einen pakt ge
schlossen haben hab ich beschlos
sen es auf ein rendezvous in dem

rangierbahnhof der das lichtspiel d
es schnittpunktes der abstellgleise
ist anzulegen in diesem jahr

der ratte rimbaud zu begegnen eine
hand voll wunder fuer canai
mita mit ins café zu nehmen fuer

eine szene im drehbuch einer lau
fenden vorabendserie erstehen ein
erzengel in zivil und ein kommissar

isches ich in der frontstadt puren
kitsch zum spottpreis der preis
gabe einer heimat zum aufhalten

und ein maschinist holt aus seiner
maschine dee ee den gruss raus tr
ink deinen kaffee aus tricks deine

fee aus schlappschwanz komm au
s dem knickfick aber mach die lue
gen durchsichtig dass die ware

wahrheit fuer ein aquarium ausge
geben werden kann worin ein gold
ener fisch auf dem grund der tat

sachen regenwuermer frisst und z
wischen den glaesernen skafand
ern der reliquien von bauhaus & co

dem letzten wort eines perlentauch
ers hinterherjagt waehrend rim
baud mir die rufnummer von amad

eus mozart runterholt von der klo
settwand des cafés mit dem komm
entar klappe zu affe tot was nur

eine weitere szene ist in der vorab
endserie in der das enfant terrible
der rockmusik dem selben das

signierte manifest des kaa fau fuer
das terrain links vom subkontra aa
ueberlaesst in der visionaeren

form ship arriving too late to save a
drowning witch denn das schiff mit
acht segeln ist von den fuenfzig

kanonen eines atomgetriebenen
uubootes in die kanalisation der
stadt versenkt worden wo auf dem

grund der tatsachen die sauerstoff
versorgung des aquariums be
trieben wird dort koennte bernd

janowski das erbe des widerstands
der ersten praesidentin der staats
bank der dee dee err in einen der

glaesernen skafander stopfen mit
all den anderen metafern die in der
graduierung schwarz roter etueden

offenbar sind in den metamorfosen
des stoffes der die wolkenkratzer
von den uebrigen wunden dieses

ausgehenden jahrtausends unter
scheidet die der kampf um die
macht der zeit den elementen

beigefuegt hat die die vereinigten s
treitkraefte der erosion stellen den
die erotik zu widerstehen wagt und

unter unsrere blassen haeute f
alten hoellen vieler flammen him
mel abgruendiger wellen wolken

kratzer gruessen wanderer des we
ges die auf halber strecke blieben
in dem augenblick des dé jà vu

 berlin, 01/0284

nur nicht aus liebe weinen
zarah leander

jesus hat nichts verkuenden koennen in samaria
arthur rimbaud

der letzte kuss faellt ins schloss
frederike frei

das herz schwimmt auf der strasse im taeglichen staub
c.m.p. schleime

482 57 52
telefon-nr. volker braun

religion ist ein praeziser denkprozess und gottes tod
oskar schlemmer

in meine augen habe ich eiswuerfel getan
monika stein

trink deinen kaffee aus tricks deine fee aus schlappschwanz komm aus dem knickfick
michael zickert

ship arriving too late to save a drowning witch
frank zappa

ein schiff mit acht segeln und mit fuenfzig kanonen
bertolt brecht

aber^{1000}

abertausend
kleine dinge
geben sich
total
werden tropfen
werden ringe

oder illegal

abertausend
kleine dinge
zeigen sich
frontal
werden tropfen
werden ringe

werden funktional

abertausend
kleine dinge
ähneln sich
fatal
werden tropfen
werden ringe

töten allemal

für petra schneider, berlin, 0384

schweben schwarz
und wissen weiss
nichts miteinander
anzufangen bis auf weiteres haelt der
boden unter den fuessen
fallgruben off
en fuer alle faelle kehren daher schat
ten im make up der sonntagsgesichter
zharter artisten in die katakomben ein

in den untiefen der taschen der totengr
aeber ticken sie talismaenner wach
was
sie tot sehen troestet zustaende allen
falls zwischen himmel und hoelle
urspru
enge keines falls aber erfuellen ihre auf
gabe an ort und stelle
schweben schwarz
und hissen weiss

café concordia, 15.08.

kinder kramen in parkanlagen
scherben aus den taschen
der talismaenner
macht
liegt in der hinterhand
der zeit das spiel
mit offen karten
zu machen
atmen licht kopien
von akazien
scharren katzen ohne wimpern
die zuversicht
aus den haenden celans

 fuer thomas schneider, berlin, 0884

johanniskaefer brennen ab
piratenschiffe patrouillieren

gen norden geht
die avantgarde ueber
den graben

zinnoberrote
zinnsoldaten schiessen
gruene jungen an

gut geschminkt & gott
zur liebe geht mein schatten
mir voran

willst du
gottlos gluecklich sein
suche mich

ich liebe dich
ich bin der zweite
mann im tross

berlin, 0884

amateure 3

wir eksistieren im verhaeltnis
1:6 und sehen zu einander
ueber wasser fest
zu halten
den nebel
lockt der
treibstoff
in die fluten
ueber dem abgrundtiefen
labyrinth der wuenschenswerten
wahrheiten
laesst einer ein
streichholz
fallen werden
unsere koerper
erlogen
klamme kometen

berlin, 0984

unter einer decke werden
die koepfe erschreckt vo
n den koerpern rollen un
d anderes verhalten an d
en tag legen

gelassen ab
er in den winkelzuegen d
es abends jeden entwert
eten fahrschein einzeln f
alten

gegebenen falls al
s schwarzfahrer in den a
temzuegen der nacht alle
zeit gezielt in den mor
gen zu schinden

stecken
die koerper unter einer d
ecke erschreckt zurueck
vor den koepfen

ist kein
koerper zerdroschen gen

ug zart zu fuehlen was u
nantastbar bleibt
zum gl
ueck des einen
ist keine
haut duenn genug dahin
ter zu steigen fort bleiben
zu koennen
ist keine za
eh genug auszuhalten w
as keinen rueckhalt brau
cht frei zu sein
zum glue
ck des anderen
verkoerp
ern wiederholungstaeter
die verwegenheit an und
fuer sich gar abwegig ge
nug bleibt die unverscha
emtheit zu sich zu finden
letztendlich den koepfen

berlin, 07–1184

stell mich still
unterm christbaum
rote
tulpen
teiche

dunkel
im gesicht

weinst du mich
in dich hinein
lass es sein so
wie es ist
haben wir uns
im griff

meinst du mich
geloest zu wissen
im nennwert
namenlos daneben
benommen so weit
so gut wie bereit

in schellen
pappe & blattgold
vergelten
zu weilen
gemuetern
mit gefuehl

gehen sie
durch stehen
sie steif fuer wahr
weichen sie weich
fuer wahr
& erlassen

woanders
das herz des hanswursts
handfest
& scheinbar

berlin, 0185

da ist kunst im biotop
bruederchen was da krabbelt
geht freundlich

was flattert
unleserlich
in sich verschlossen
& ausser sich aengstlich

& was zu frueh verfuehrt
zu vergeben
kommt zu spaet drauf
zu gehen
in der leiblichen umwelt

was umfaellt
verstrickt sich
gruendlich
ich weiss

was zu grunde geht
wird auferstehen
beteiligt in gegenwart
jedweder gangart

berlin, 0185

holen wir die segel oder holen sie
uns ein um ein anderes mal gut zu
sein sag nein in meinen stiefeln ist
die wut vergangen sag ich habe
schiffe falten angefangen in der
fahrtrinne eines eisbrechers geht
das wasser durch die stiefel geht
die erfahrung durch den leib an bord
zwischen leningrad und amsterdam

geh ueber kaltleim
& kohlen
die knochen
brechen
& recht
behalten denn

nur wer lack hat
kann
die puppen tanzen
lassen

bei bester bedienung
samba
& bossa nova
bei festbeleuchtung
in bester gesellschaft
sproede
& glaenzend
bei guter bezahlung

berlin, 0385

despoetischer kommentar zur profetischen auftragslage (kommen sie kaempfen sehen sie hell / gehen sie siegen sagen sie weis)

Stern
Über dem Lockschuppen
Zwei Stromland auf einmal
Cocktails für Hirten
Am Eingang
Nervengas
Die drei Könige
Unterm Balkon unterm Saal
Munition
Tausend Söhne
Und eine Nacht gegen Mittag
Nennst du das Abendland
Morgen
Faltest die Zeitung
Ein Abfangjäger als Lesezeichen
Fürs Märchenbuch
Mit der Unschuld
Im Schornstein
Und Rücken

Im beflaggten Sumpf
Salutieren die Kinder

Johannes Jansen

ziehen weihrauch gold
& myrrhe in $^{1}/_{1000}$ der
nacht des abendlands

zoegert der komet ueber
dem lockschuppen
in den
muendungslaeufen des
zweistromlands
liegt ein
gott geladen
von haupt
eingang zu haupteingang
zieht es
das gas
aus dem
sumpfgebiet
ueber die
demarkationslinien hin &

zurueck

leonhard lorek

In Pankow nehmen die Bullen kein Geld mit auf Streife; dafür zwei Patronen mehr.

alaska skala zwischen latz und kragen

banditen rastafariten transostiten und so
weiter ziehen heiser ueber stimmen die
eis verschweissen und schweiss vereisen
im windschatten eines schabernacks sage
ich schuechtern so bewegungslos so
komm mit ich moechte deine haut

mit meinem gesicht beruehren spueren
wie es zischt im herbsten weinbrand aller
orts irdisch im anfassen lassen wir es gut
sein lassen wir es mehr sein lassen wir es
gehen am straffen strang zwischen
gaumen und magen zerrts und wir

zivilisierten ziehen uns nichts rein ziehen
uns was an und fuehren ich weiss ich
muss deine haut mit meinem gesicht
beruehren unsere hundeseelen ab im
schnee und die prenzlauer allee ein
stueck hinab ins café mocambique

berlin, 03/0485

& haetten wir
zu schwoeren
waeren wir
gemeinhin

weder nobel
noch elend

dahergekommen
deiner &
meiner ganzen
gemeinheit
das letzte

abzuverlangen
& nichts
zu verleugnen

haetten wir
uns sehr

berlin, 0485

luege auf den ersten
blick zurueck
folgt nichts
als angst

folgt kein zweiter

so lang
die naechte
im maerz katzen
herzen knirschen
so zaeh
heulen hunde
seelen zu

berlin, 0485

das geprellte herz

mein herz kotzt über achterdeck
mein knastereingedrecktes herz
die meute lacht und ich verreck
sie geben darauf einen dreck
saudumme witze ohne scherz
mein herz kotzt über achterdeck
mein knastereingedrecktes herz

geschwollne pimmel von muschkoten
und faule tricks sind schuld daran
ins steuer schnitten die idioten
geschwollne pimmel von muschkoten
o sagenhafte flutenboten
nehmt euch bloß meines ekels an
geschwollne pimmel von muschkoten
und faule tricks sind schuld daran

wenn die erst ihren priem ausspucken
beschissnes herz was tu ich dann
sie rülpsen wie besoffne tucken
wenn die erst ihren priem ausspucken
mein magen wird im brechreiz zucken
mein herz du bist erbärmlich dran
wenn die erst ihren priem ausspucken
beschissnes herz was tu ich dann

berlin, april 1985

jede nacht ein schlag
ins wasser
die fische
belagern den sand
dafuer
bleiben
die voegel
fort

berlin, 0585

wir werden juenger
mit gewalt
verschiedene
gestalten
zwischen gut & gern

werden wir
uns entsinnen oder

kreuzweise vorab
beginnen
mit etlichen
marienliedern
auf der zunge

sterben wir knapp

bin ich das &
der trick
mit dem genick
nach vorn
ist zeitlos begehbar

berlin / plaue, 0785

flieg warmer kleiner
vogel weil
ich es so will
hin
& wieder sind wir
alle eheliche kinder
im eksil
landlaeufig
kontaktarm &
stark
genug
flieg
kleiner nackter
matz
dann
& wann ist mein
hueben
mein drueben
& darueber hinaus
stolpern die aussagen

berlin, 0885

alle reinheit ist

rotz &
wasser schon zu zweit
weisst du was
unsere staerke ausmacht
ist nicht gleich
der kalte rauch
im bauch
des naechsten

leichnams
der so ursaechlich wird
wie er grammatik ueberholt
& dafuer aber dann
gar nichts mehr kann

was du wissen willst

frage: milch majestaet

denn wohin
soll ein belangter koenig
schon abhauen

& verlange diesen
untergang umgehend

berlin, 1085

ohrfeige fuer & wider

das
was du wissen musst
geht

daneben
in meinem namen
bin ich
grob

vernommen
zeichne ich
gegen

mit ganzen gruessen
weitgehend
fraglos

traegt & truegt
der vorbehalt
vor ort

ausgeschlossen
fuer & wieder
weisst du was
du
nicht wissen willst

berlin, 1185

ulrich zieger und leonhard lorek

ja und wer gibt uns was

(der pawlowsche apparat; berlin, november '85)

»wenn du ein wort oft genug wiederholst«. wiederholt kriegst. »das blut wird duenn nach all diesen jahren.« »ver liert es seinen schrecken«. oder. wann stirbt der erste deut sche dichter in einem afrikanischen gefaengnis. das leben ist schoen. nehmen sie platz; kollege. die zigaretten sind weiss. die kippen sind schwarz. die asche ist grau. oder das blut. je denfalls, der neger auf dem schutzumschlag hat ueber jahre ostjeans angehabt. »o biko«. das leben ist (ich habe zu lange geschlafen; um sechs uhr ortszeit sind die nachrichten unwi derruflich geworden). (ich habe die nr. 2 gezogen. ich bin ver hoert worden und habe mich angeschissen damit.) es haengt sich immer einer in diskurse die nicht gefuehrt werden. und das denken ist synchronisiert. wie das wahnsinnigwerden. »wir skizzieren unsern ausweis / ohne herz / ohne verstand / gehen wir bei gruen ueber die strasse / so missbrauchen wir das land« und die schmerzen haben wir weder im koerper noch im kopf. das ist wahr »dead as the dodo«. das hat nichts mit meiner »5 in farbenlehre« zu tun.

»was kann ich fuer euch tun, meine dunklen brueder.« »niemand hat ge heizt.« wann stirbt der (»hauch mal / die hyaenen an« die solidaritaet ist korrumpiert solange wir den terminus fuer okkupierbar halten. oder. bis wann kann der 2te die eigenen zaehne im mund ertragen. beides. meine unbeholfenheit im stellen der fragen. meine blockierte phantasie. die land schaft gedeutet im selbsthass der trigonometrischen punkte. das mitleid geheuchelter als das verstaendnis. »preparadise sorry now«).

ein junge hat mit einem neger und mit einer ne gerin geschlafen. er war hektischer als sonst. janis joplin hat mit ihrer eigenen asche immer in den atlantik gewollt. aber vorher hat sie bessie smith den grabstein kommen las sen. wir teilen mit. wir sind europaeer. liebe afrikaner, wir sind keine amerikaner. ich habe die ( ) nr. 2 gezogen. china, bleib draussen. der angriff auf die realitaet der subkonti nente von morgen. (diese hoffnung, dass die abstraktion tra egt.) (einmal ist alberta hunter gestorben. und die mutter hat gesagt: »meine votze ist total verniggert, seit die wirbel deiner hand kaputt sind.«) »where is the beaf / waffenkon trolle« anfassen und zuschlagen. oder ist unser widerstand der eines affen im weltraum. wie ist er anders zu retten aus der verniedlichung.

hilf dir (ausserhalb der arbeitslosigkeit in deinem schaedel hast du nach wie vor nichts zu verschen ken. wie koennen wir etwas fuereinander tun.) krematori umpause. ausser meiner besinnungslosigkeit kann ich heute nichts ganz geben. das ist mein armutszeugnis.

zitate: d. lessing / c. m. p. schleime / p. gabriel / i. akimuschkin / v. braun / r. w. fassbinder / u. zieger / l. lorek

von angesicht an sind wir
gut getarnt in den farben al
ler fragmente und vorlaeufig
wie eilig in der asche unserer
konturen knistert das licht

andauernd

obwohl es kein zurueck gibt

mit Hegel und Schelling auf einer Stube.
Im Ochsenstall, dem großen Schlafsaal
im 5. Stock des alten Augustinerklosters
zu Tübingen, haust der Stiftler
Hölderlin, den die Freunde Holz nennen,
mit Hegel und Schelling auf einer Stube.
Im Ochsenstall, dem großen Schlafsaal
im 5. Stock des alten Augustinerklosters
zu Tübingen, haust der Stiftler
Hölderlin, den die Freunde Holz nennen,
mit Hegel und Schelling auf einer Stube.
Im Ochsenstall, dem großen Schlafsaal
im 5. Stock des alten Augustinerklosters
zu Tübingen, haust der Stiftler
Hölderlin, den die Freunde Holz nennen,
mit Hegel und Schelling auf einer Stube. *
Im Ochsenstall, dem großen Schlafsaal
im 5. Stock des alten Augustinerklosters
zu Tübingen, haust der Stiftler
Hölderlin, den die Freunde Holz nennen

* *Gerhard Wolf in »Der arme Hölderlin«*

vor der ruhe aufwand
liegen wasser erde duft &
tod im schulterschluss
der platzanweiser
andauernd wie der kahlschlag
der zeit bleiben
weidenteiche
erdbestattungen & gaststaetten
in potsdam
der alten angst
vor der kaelte
salutiert die sentimentalitaet
wie weiland der romantik trotz
trost & gegenliebe im ablauf
der not besorgt
eine aufgeholzte haelfte
helden aufs neue ein &
das selbe sorglos
beliebig in der uebereinkunft
mit dem reim & dem reiz allein
der zeit zu genuegen befremdet

berlin, 02–0586

spaeter

den hals voll schultafelkreide, wollte ich zum letzten mal so sein, wie die anderen sind. wem ich aber schultafelkreide in den hals stopfen wollte, wusste ich nicht; es waren viele. & formal war die abloesung meiner ratlosigkeit nicht denk bar. fortan veraenderte das *auch* fuer mich seine bedeutung, & auch *die anderen.* aber anders als traurig zu sterben war seither mein wunsch. spaeter, viel spaeter, habe ich die zu sammenhaenge, ueber den anlass der veraenderung hinaus, begriffen. den luksus der einzigartigen, letztgueltigen & da mit unbedingt guten empfindung, musste ich fuer mich re servieren; fuer den schluss mit mir ganz allein. in anbetracht meiner gleichgueltigkeit gegenueber jedem beliebigen jen seits, hatte mir dieser selbstaendig rigorose egoismus ein kommunikatives ueberleben & ein, anderen oft unueblich in tensives, leben zu gewaehrleisten. anders gesehen, waere das beabsichtigte training meines sterbens heute ernst zu nehmen; hierbei kalkuliere ich die moeglichkeiten des zu falls, polizisten, passanten, wind, oder den eisglatten beton des gelaenders, die den spass an der sache gelten lassen. die moeglichkeiten den pointen zu entgehen, will ich nicht dem zufall ueberlassen. in folge der veraenderung habe ich momente die das leben bedrohen ausschliesslich in der angst um andere erfahren, ohne die spur eines bedauerns fuer mich selbst; mir ging es gut, so gut wie heute. wobei ich wiederum die gefaehrlichkeit von teil oder langzeituebeln ueberleben konnte, weil ich nicht sterben wollte, weil ich nicht sterben durfte, weil es mir schlecht ging; ich war trau rig genug.

ein breites betonbrueckengelaender & ein minen feld bieten die naechstliegenden trainingsmoeglichkeiten an. wahrscheinlich schneit es draussen. waehrend ich den man tel anziehe weiss ich, dass ich wach bin. auf dem gelaen der kann der mantel boeen abfangen. ich ziehe das gelaender dem minenfeld vor; es hat seinen anderen auftrag. mein bild im spiegel verlischt mit dem licht, wenn ich die hand nicht rechtzeitig vom schalter nehme. mich erstaunt der wunsch gesichter in spiegel tragen zu gehen. ich schliesse die tuer. die haende & die schluessel in den taschen zoegere ich im treppenhaus. ich gehe die treppe hinab, ohne irgendwen zu treffen. der fahrstuhl steht unbenutzt. draussen ist es dunkel. & die gelegenheit danach zu fragen, ob einer je gluecklich war, nicht abgetrieben worden zu sein, wird sich noch erge ben. ich bin allein. niemand sonst ist an der bushaltestelle. den bus wird eine frau fahren. die bruecke ist nicht weit ent fernt; ich haette die strecke auch zu fuss gehen koennen. wirklich wichtiges ueber mich selbst haben mir immer wie der frauen gesagt; sie kannten mich nie besser, als maenner mich kennen konnten. der schnee faellt langsam vom him mel. die sicht ist knapp. auf der strasse sind meine spuren flach, die schicht schnee ist noch duenn. wenn mich jetzt je mand besuchen kommt, wird er wegen des hellen fensters sicher ein wenig warten. es dauert nicht lange. ich habe die bruecke schon hinter mir. manchmal hat mein gewissen ei nen vornamen. wenn ich zuruecksehe, sehe ich neben mei ner eigenen fussspur zwei andere, deutliche, die in die eine richtung ueber die bruecke hinweg fuhren. mit geschlosse nen augen koennte ich warten, dass der schnee weiter faellt; nachher gibt das ein ganz neues bild. scheinbar unberuehrt wird alles sein. ich fuehle mich wohl, den schnee auf den wimpern & die haende in den manteltaschen; in der einen klickt das koerperwarme metall der schluessel. mit dem ge sicht zur bruecke nehme ich keine lauten geraeusche wahr. ganze lichtschwaerme schicken die bogenlampen im fluss wasser mit den wellen vom ufer fort. ich denke mir bren nende fische. fische fuerchten sich nicht vor dem feuer. wenn sie brennen, haben sie rote kehlen, durch die man hindurch sehen kann. & jeder hat ein offenes & bebendes maul. mir ist warm. meine lider zittern nicht, obwohl ich meine augen weniger geschlossen als nicht geoeffnet halte. rechts das was ser, leise & tief unten. links die vorstellung von einem koerper, mit einer haut wie sie sein muss, was da hinter ist aufregend zu vermuten. aufregend wie ein wasser voll brennender fi sche. aber ein klares wasser bei tag. dazwischen das gelaen der. trinken moechte ich jetzt bestimmt nicht. ich warte. es sind die fische, das wasser ist es nicht. fische haben keinen durst. & wenn sie nicht verbrennen, weil der zufall es so will. ein jeder zaehlt fuer sich allein & alle zusammen. wenn sie fuer immer brennen, oder seit je her. alle in einem klaren was ser, in welches der schnee faellt. den zufall habe ich gar nicht mehr bedacht. der wind hat nicht zugenommen. die luft wird allein von den fallenden flocken bewegt. meine beiden ge schlossenen augen haetten polizisten gestoert, passanten habe ich keine bemerkt. die abzaehlreime gehen nicht immer auf. wenn der zufall es gewollt haette, haette irgendwer auch auf dem anderen gelaender sein koennen, oder auf meiner seite. es muss nicht sein, dass es mir besser geht als je zuvor. es geht mir gut. & ich bin nicht traurig. manchmal hat mein gewissen einen vornamen. neulich verdorben & elend ge worden, geben viele ihren fall von einem gelaender an. & daher ist es gut einzugreifen. wenn aber einer in mein trai ning eingreift, einer der von irgendwo her kommt, waere das falsch. ich haette zu springen; in eine der richtungen beiderseits des gelaenders. & mir waere nicht gut dabei. wasser tropft von meinen wimpern. ich sollte jetzt die au gen oeffnen & nachsehen. wieviel schnee gefallen ist, weiss ich nicht. es waere nicht gut, wenn nichts geschieht, wenn ich die augen oeffne. ich will keine wiederholung. & ich will alles weiss; als waere es von vorn herein so & nicht anders gewesen. die bruecke, das gelaender & das andere mues sen unter einer weissen schicht schnee liegen. & schon mit meinem ersten schritt werde ich das bild aendern. ich werde die augen oeffnen. meine haende sind warm wie zu vor. wie erwartet werde ich alles weiss sehen. vor mir, auf der bruecke, ist eine neue deutliche spur. der schnee faellt langsam & gleichmaessig. es faellt langsamer, als ich ver gessen kann. meine lippen sind trocken. ich habe angst um die konturen des moments. ich kenne auch ihre farbe.

neulich verdorben & elend geworden: buch hiob

vier mechanische sonette

nunmehr mit dem wissen
um den verbleib
der schlusslichter
unter einem dunkleren

himmel einer lauteren
ferne gewisser sein
zu koennen denke ich
mit dem koerper keiner

hat die zeit
die wir uns nehmen
allein beim namen

genannt mann
zu sein
wie die anderen

maenner
ohne merkmal
beileibe oft
genug verfuegt

bleibt
die maennliche
beschaeftigung
gegenueber

einem weiblichen
traum anteil
um ein anderes

zu nehmen
im zugzwang
der aussagesaetze

campanas sterne
wie knoepfe
abzureissen
mit dem wissen

um den verbleib
der schlusslichter
unter einem
dunkleren himmel

einer lauteren
ferne fortan
selbst gewisser

zu sein
denke ich
mit dem koerper

keiner hat die zeit
die wir uns nehmen
bereit fuer einen
moment

allein der spass
an der sache
nimmt rache an
der zeit

routine
& ewigkeit
meint sachlich

richtig bedingte
verzoegerung
an sich

berlin, 02 – 0786

wirf einen stein
in den himmel
von unten
in anbetracht

der muedigkeit
schlucken dreckige
voegel
ihre sonnen &

mondroten herzen
im sturz
entkommen

andere
erwartungen
der wiederkehr

berlin, 0786

suess & schnittfest
liegen die ziffernfolgen
der
resultate
auf der hand
gegenueber

hilflosigkeiten gesteht
der mut im tinnef

zu verrecken versteht
nur die erinnerung an

den waermetod
& die alte

weisheit kostet
den kopf
im
sand buchstabiert
eine mehrheit der
minoritaeten fassbare
erwartung

berlin, 0287

du wirst
gehaenselt
bis du fett bist
vor allen anderen

begebenheiten
der beduerftigkeit
ist die erste
erinnerung an
die umrisse von
frauen zwischen ab
& aufbruch genug
gassengrau

jede farbe

anzuschaffen
fuer die sterne
in den vororten
der vororte
wo wir parken

wir wollten beiderseits der bahngleise mehr

I

wir wollten
nur beim scheissen nicht
erschossen
werden am waldrand
waren die wuensche

vereint & unterwegs
von gegenteil zu gegenteil
kamen
sie uns zuvor &
wir kommen unter

im stueckwerk
in richtungsunterkuenften
wo wassertropfen
koepfe spalten
so lange die zeit auf sich
warten laesst ohne
zu zoegern
beschaeftigt das thema
die langeweile
der streckenlaeufer

berlin, 07/0887

II

beiderseits der bahngleise
sind die legenden
von einer
wuerdigen kapitulation
recherchierbar
wie gelb
blond
oder gold
am rand der strapazierten
geschwindigkeit

steht huebsches &
pummelige gorillas
neue menschen
& maenner winken
im einvernehmen
mit der aussicht auf

die schraegen waelder
in preussen
rollt ein blauer
nebel
in die daemmerung
wie tinte

III

im kampf
um die kinkerlitzchen
fallen
blut & regen beieinander
nicht mehr auf

beteuerungen & auch
meine
deine
unsre
steine kosten
das
leben
aus
wo ein
billiger trugschluss
besser ist als gar
kein anfang mehr

berlin, 0787

ouvertuere zu einem langen gedicht

gilt der abschied, ist die trennung trocken wie die choreogra fie fuer eine taenzerin vor einer gluehbirne, die aber etwas ganz anderes war, & sein wird, auf jedem bild, mit jedem hintergrund, jeder ankunft. wir wurden vordem ueberholt; oder wir sind bloss nicht angekommen.

darum wort fuer wort, satz um satz, die geometrie der erotik, die verfuehrung zum festen stoff, zum menschenschlag, zur abgeschlossenen ge schichte. anfang & schluss, das ganze ende, porno fuer gewo ehnlich. sesshaft. die gebeine im eintopf sind finderlohn. das immer wiederkehrende verlangen nach langeweile, die be schaulichkeit. & das alibi sueden. der teppich.

ich sollte ein langes gedicht schreiben, welches im verlauf von einhundert jahren etwa zwanzig menschen bis zum schluss lesen moe gen, wovon zwei so ziemlich alles mit dem unterleib begrei fen werden, fuenf das ganze haben wollen, & daher letztend lich jemand wieder genoetigt wird, noch ein langes gedicht zu schreiben. denn darauf kommt es an.

der himmel ist alt, grau & kalt
wenn keiner hinsehen will.
freiwillig aufstehen will
niemand; man holt sich was weg.

das aber will ich nicht. der himmel endet an der teppichkante: es ist die zeit, waehrend der sich zwischen den fasern des ge webes der stoff verfestigt, mit dem kleingetretenen dreck von der strasse, den treppen, waldwegen, dem uebungsgelaende; bis er zerfaellt, zerdrueckt & zerfressen, den lueckenbuessern gegenueber ungerecht. asche ist dabei.

ein schwarz, ein weiss, ein beschlagenes orange auf ockermeliertem gruen, & ein grel les weiss, & wieder weiss, schwarzdurchbrochen, ein fla schenbraun, ein einfaches rot vor elfenbein, & dahinter kein siena, kein messing, kein silber, kein stich, keine unze, kein blick. kein wassertropfen mehr. pola negri auf polaroid.

also woher das ganze zeug nehmen, die pfuetzen zu beschuetzen, die umfassungen zu spunten, wenigstens das, wie die ernen nung der geschichte zum graugetigerten fruehling. wir sind frei konvertierbare christen. die umleitungen sind gesperrt, die zufahrt gekennzeichnet. wo werden die abgruende errich tet, wo planiert, wo vergessen. es wird spaet, der himmel endet an der teppichkante. & die rekonstruierbarkeit der entwuerfe. & wir erst, & nach uns die gedichte geschehen nicht aus schliesslich parterre & heissen nicht so oder so, wie gesagt.

der mond ist ein farbloses loch,
wenn er fuer gar nichts mehr taugt.
die strassenbeleuchtung taugt
zu etwas; also was solls.

die sicheren momente warten wir ab, sie mit einer ahnung, konkret wie ein fahrschein in die periferien der regeln, aus zureizen. demnach bedeuten kreuzungen bloss die uebrigen schlussfolgerungen aus architektur. der unterschied zwi schen der gefaehrlichen leere der ausfallstrassen und dem vielfarbigen leid der kreuzwege, ist auch der teppich.

der vor rat an widerwillen, die unerschoepflichkeit. spaeter die klei nen leute. es gibt nichts zu danken, um darauf zurueckzukom men, eine strasse, die auf beiden seiten von rohrgeruesten flankiert ist, von oben betrachtet: eine unerschuetterte reli gion. fromm & geschickt, wie das alles steht. nicht unbe dingt, nicht bequem, nicht behauptet, kaum geglaubt, ein fach & ununterbrochen. bis dass der tod euch scheidet. es gibt nichts zu lachen. die letzten beissen die hunde; fuer alle die nicht zurueck koennen wollen, ein abgeschriebener unheimlicher ritus. gott; von unten gesehen die langen toene. garagen wo moeglich. & hinter den vorderhaeusern bruechige schuppen, mit kleinen kabuffs in reihen; fluechtig geraeumt, von zehnjaehrigen bis in die abende besetzt. feuchtes, autonomes, zum anfassen. von oben betrachtet, der neid auf die unversoehnten gesichter zwischen fosforiszie rendem holz, zeitungspapier, broeckelnden stapeln briketts, rascheln und kurzlebigem gestruepp. finelinertaetowierun gen auf oberschenkeln. matratzen & seegras, rote ziegel steine. spaeter: die langen toene. es bleibt nichts zu wuen schen uebrig.

das ist alles mein job, & obwohl ich genuegsam bin, vernuenftig & entsetzlich: auf dem teppich werden die plaetze vergeben. der mildernden umstaende wegen, die nicht jedem zuteil sind, dauert das verfahren an. ich aber bin nicht bloed genug, mehr als einen bruchteil dessen hinzu schreiben, was mir bewusst zu werden droht. ein egoist an deren kalibers. wer sonst setzt alles dran alles durchzuma chen. ist denn nicht kunst, wie denken, ein greifbar amuesan ter zeitvertreib fuer leib & seele, der genuss. & der bedarf stellt sich her. weithin. ein dichter soll wieder ungerecht sein duerfen. dafuer ein gebet. aber dichter ohne pension, gut im training, geschaeftig, auch ununterbrochen, befuerworten die chance der provinz. empfohlen wird die eigene scheisse in der uebersetzung »frau mit rotem handschuh« vorlaeufig ist die qualifikation, regel recht, eingeschlossen die von der innung abgeforderten ausnahmen, bescheinigt. ein dichter muss dumm sein.

ein araber kaut eine banane, die schale nicht, & schmatzt, leise, langsam. er steckt, in spitzen schu hen, die schale in einen roten blechkasten; ein einfaches rot. wie angenehm.

& das liest sich dann so, dass die fortsetzun gen uberblaettert werden muessen, an einem ort im vorue bergehen, geeignet fuer die verwahrung vieler container im menser peinlichkeiten. ein einblick in geheimdokumente ueber den verbleib von gemuese &, wichtiger noch, von haendlern, wagenkolonnen, waffen, selbstlosen fehlgebur ten, in geruempelkammern; memoiren in kuerze ausgestor bener frauen. fremde arme menschen mit krebs. bad, kueche, zwei zimmer, flur, mitteltuer oben in einem haus, welches hinter einem rohrgeruest mit brettern verschwinden wird, in einer strasse mit etlichen kreuzungen. fuer die wohnung zahle ich. dort sind noch andere.

die luft ist zum kotzen & klamm
wenn die geraeusche entstehn.
die unterschiede entstehn
nirgendwo; alles bricht ab.

nicht jede beliebige mehrzahl ist vielfalt im ganzen, denn das von der homogenitaet der masse ist ein witz. also stehe ich auf, um ins bett zu gehen, weil die wunderbaren luecken im banalen ein witz sind. das ist nicht absurd. wem der teppich zusteht, kann nicht geklaert werden. das ist nicht die absicht, & auch keine offerte, keine frage von geld & systemen, & wahrscheinlich kein problem allgemeiner zukunft. aber die luecken sind zum teil resultate der ausfluege, ob weich oder hart, & das thema der aussichten.

hurra, & wort fuer wort,
zwischen tod & nachwuchs, erwachsene, pauschal, ein kapi tel fuer sich, der mehr oder weniger geglueckte versuch einer blaupase fuer fortsetzungen. schicht fuer schicht in nahver kehrsmitteln befoerdert, jeder wenigstens zwei mal taeglich. an wochenenden kleine segelboote auf binnenseen. auf wie dersehen; das ganze ende. von station zu station trocknen die schuhsohlenabdruecke vor den sitzen & im gang. alles gut beheizt. die farbe der feuerloescher ueberfordert ihre be stimmung. nirgends eine kiste sand. die frauen gehen nicht verschleiert aus & ein. maenner auch nicht. engpasspsy chose. keine einzige staffel muezzine zum schreien, niemand

ist akkreditiert oder verkoerpert; minarette bleiben schorn steine, palmen stahlmasten, die horizonte alarmanlagen. hin gegen die araber, was die einander alles ersparen: eine tunte laesst sich einen bart stehen. raffineriertes leder, perforierte lichtstreifen, milchglas, verschleppte muedigkeit, geradheit, kunststoff wo man hinfasst, bis zu den schnuersenkeln, auf zaehlungen oder aluminiumlegierungen, & gespraeche da von, was wer in den hintern geblasen kriegt, kriegen wir auch noch gross. saetze aus einem gut sortierten stabilbau kasten. ausgesetzt der kombination von gnade, laune, will kuer. frauen mit klunkern aus plastik; ohren, haelse, finger, & verdauen nach dem ersten fruehstueck. ebenfalls fleischer gesichter. die einfalt fehlt im besonderen. ueber breite kon terfeis von comicstripschnauzen, in heiratsfaehigem alter, platt gehaune nofretete & tut anch amun koepfe, spitze nasen, eingezogene lippen. all die schaedel fuer heimkehrermuetzen. wer arbeitet nicht im viehhof. renitent sind die schweine, sensibel ohnehin, & das reicht. die seltenen ereignisse sind wiederholungen gewidmet. satz um satz. jedes mal eine ga rantie fuer den verlust der eigenheiten. pausenfueller, die bremsen, roecheln wie gefangene. noch ein disneylandgewis sen quietscht. bahn. davor & danach wasser, unterwegs zum gully; gar nichts entrinnt. in der strasse sind vor etliche haeu ser zaeune gespannt, dass da keiner rein geht, wenn was run ter faellt. lampen, in schulterhoehe, leuchtendes verduenntes blut, ueber den daumen gepeilt, vierzig etwa, in vorgeschrie benem abstand, fehlen auch nicht. darueber & darunter stimmt alles. nur oben & unten ist keines meiner gedichte.

das pflaster ist unglaublich hart,
wenn einer ausrutscht & faellt.
eine der erdbeeren faellt
mir aus der hand; die fuer dich.

waehrenddessen geht auf einem bahnhofsdach in der pro vinz ein mann mit langen beinen, dickem bauch & einem klei nen kopf, am dunkelgrauen himmel wie ein scheerenschnitt vorbei. dort oder woanders erwarten menschen auf bahnstei gen zuege. die zuege kommen, verspaetet, mit sicherheit. wer da steht, hat einen fahrschein geloest. hin & wieder wird er, fuer momente, von dem dichten weissen dampf der rangierlo komotiven verschluckt, eh diesen wiederum der himmel schluckt. was geht uns das gravitationsfeld dieser stadt an. wir stehen hinter einem zaun zwischen den rohren der ge rueste, mit dem ruecken zu einem haus, ein haus gegenueber, dazwischen die strasse. links eine kreuzung und rechts das selbe. also werden wir die zukunft der gespraeche sein. ich verspreche es dir.

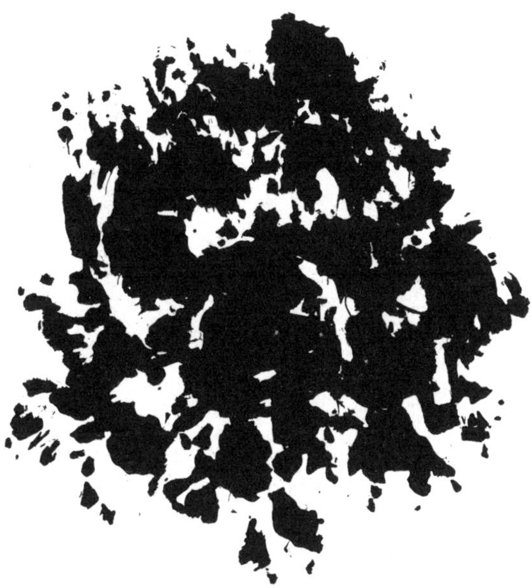

lust in madeira
leben im dax
zunge im arsch
und das ganze
nochmal

aldi für die welt
reuter für daimler
so gewollt
wie gehabt

zunge in madeira
friede im arsch
und ameisen
ameisen im regen

berlin, 02/0391

puls komma herzfleisch

von hühnern
und rindern

und putzigen kindern
am ende
der nahrungskette

erklingen
thunfischskelette
süßer puls komma klima

mit ewigem eis
am ende
mit ewigem eis

berlin, 04/0691

ich wäre gerne alt
geboren worden, jung
gestorben, schön gestorben.

sieh an.

sieh pasolini, lenin
(begleitet von der weisung
des politbüros:
auf grund des starken
frostes,
ist das mitnehmen von kindern
im trauerzug
nicht gestattet.
nicht gestattet.
nicht gestattet.)
oder else lasker-schüler.

zeit läuft.

angespannt und regungslos
habe ich den zeitverlauf,
den gar nicht graden
zeitverlauf,
abgemessen.
abgemessen.
abgemessen. am ende müde,
nüchtern und wohlauf.

zeit reicht,

alleine schon
im herzen einer barbiepuppe,
vom trumpf bis zur genügsamkeit.
trost macht sich breit.
am anfang war design.

sieh da.

ich wäre gerne alt
geboren worden, jung
gestorben. usw.

die choreographie
der sinne
gruppiert
ein rudel
kleiner ledersessel
desolat

lauter konsorten
nehmen platz

und lümmeln
oder warten

angestrengt
und zugegeben:

wären sie andauernd
da
und blieben
niemals fort

dann residierte
ungebeten
gott dort

falte ein papierflugzeug
und lasse es nicht
fliegen
steck es ein
leg dich hin
und
bleib liegen

mach aus deinen händen
fäuste
drück sie in die
hosentaschen
obendrauf
hinterher
dreh dich mal
vom meer zum sand
und zurück
vom sand zum meer
und bleib daneben liegen

10:09 Uhr. Die Rippe steckte in ihrem Körper. Und aus seinem ragte sie heraus. Steckverbindung. Gott, Eva machen. Im Sommer. So hatte sie sich das nicht vorgestellt. Der Zufall irritierte sie. Er ließ nichts mehr zu. Er machte sie regungslos. Sie hatte so etwas noch nie gesehen. Das Weiß und das Blut, ganz allein rot. Und Glas. Vom Himmel her kamen die Splitter der Heckscheibe zurück. Es muss Kraft gekostet haben, das kaputte Glas so hoch hinaufzukriegen, dass es so lange brauchte herabzufallen. Wenn die Splitter aufschlugen, hörte sich das an wie einsetzender Hagel. Laut, einzeln, langsam, die Splitter kamen spät. Der Aufprall war heftig gewesen. Er muss sehr heftig gewesen sein. Auch die anderen Scheiben waren fort. Sie würden wohl ebenso zurückkommen. So hatte sie sich das nicht vorgestellt. Eine milde, gelbliche Sonne. Vorn Gras mit Vergissmeinnicht. Unten sein Gesicht; es war wie immer, blass. Ein guter Kontrast zum Blut. Er guckte wie immer. Verloren, scheu. Das Kaninchen und der Versuch; diesen Blick hatte sie manchmal gern gehabt. Manchmal hatte sie ihn gern gehabt und dann gewusst, dass sie dabei war, die Kontrolle zu verlieren. Er hielt den Mund geschlossen. Zu, das war gut so. Das Bild stimmte in sich. Schön. Vergissmeinnicht. In einer solchen Situation hätte sie ihm gern die Hand gehalten, für gewöhnlich. Ihm hätte das gefallen. Und ihr auch. Dafür, dass sie Sterbenden die Hand halten konnte, hatte er sie bewundert. Das hatte ihn beeindruckt. Sterbenden die Hand zu halten ist schön und bringt in den Himmel. Ihr machte das nicht viel Mühe. Es kam häufig vor und dauerte nicht lange. Und es machte alles andere wieder gut. Von Berufs wegen sammelte sie keine Punkte für den Himmel, aber der Beruf brachte das so mit sich, so Punkt für Punkt. Sie wollte in den Himmel kommen, durchaus, also sammelte sie Punkte. Cello spielen zum Beispiel war viel schwerer und dauerte viel länger und forderte Geduld ab. Sie spielte schlecht Cello, sehr schlecht. Was gar nicht schade war. Männer waren dumm, manche brauchten Licht im Leichenschauhaus, manche hatten sogar Angst vor kaltem Kaffee, wirklich. Kaffee käme jetzt gut, hier im Gras, im Glitzern der Scherben. Ihr aber war nicht danach sich zu bewegen. Sie würde die Arbeit sozialer Dienste nie in Anspruch nehmen, niemals. Wenn sie allein war, dachte sie über vieles nach. Allein war sie ungern. Sie war dumm, und die Männer waren dumm. Aber diese wussten nichts davon. Sie hingegen wusste es. Seine Rippe steckte in ihrem Körper, und sie sah es. Er konnte nichts sehen. Neu war das nicht. Eva machen. Vergissmeinnicht gucken und Barbie. Sie sah so aus, wie Barbie, oder Peelie, die Puppe zum Umziehen, zum Spielen, zum Ausziehen, zum Geldausgeben, zum Anziehen. Sie wusste das zu schätzen. Sie wusste zu geizen. Geiz wirkt als Investitionsanreiz auf Männer, deren Herzen sich zusammenziehen. Und sie ließ sie kommen, diese Sehnsucht, sehr schön. Ficken und beschützen, ja. Männer deren Herzen sich zusammenzogen, Männer die vor Monitoren zusammensackten, die vor Geldautomaten weinten, die alles hatten. Männer, die dumm waren, brauchten eine Sehnsucht die winzig war, die ungefährlich war. Ihrem Gelassensein angemessen, musste es eine Sehnsucht sein die sie sich gönnten. Für den Anfang war das gut so. Eine milde gelbliche Sonne rechts und links sein Gesicht. Männer auf Augenhöhe zu kriegen ließ sie sich

Zeit. Die Zeit machte das Vergnügen flüchtig. Goethe. Sie durfte sich dabei nicht bewegen; was ihr entgegen kam, ihrem Naturell entsprach. Erst in Augenhöhe begannen Männer in die Knie zu gehen. Eine unbequeme Haltung; und je weiter sie sackten umso schwächer wurden sie. Je langsamer, umso reizvoller für sie selbst. Sie wusste das zu genießen, sie stand. Manchmal spielte sie mit ihren Fingern in deren Haaren. Gelegentlich vergaß sie ihre eigenen Bewegungen zu kontrollieren; diese gaben oft einen misslichen Kontrast zu ihrem Körper her, zu ihrem Gesicht, zu ihrem Haar. Störend. Unattraktiv. Sehr störend. Ihr Haar trug sie offen, in trostspendendem Braun. Vergissmeinnicht. Mangelnde Grazie, oder Eleganz oder wie immer das was da fehlte auch benannt werden konnte, vermochten Kleider, die weit geschnitten waren, zu kaschieren. Eine schlecht Cello spielende, Sterbenden die Hand haltende Puppe in weiten Kleidern war unüblich. Guter Pop. Richtig guter Pop. Anbetbar. Sie war, was sie konnte. Und was sie wollte, war nicht viel, und vergänglich außerdem. Die entblößte Dummheit der Männer tat ihr gut. Nackt dumm. Die Rippe steckte in ihrem Körper. Und aus seinem ragte sie heraus, weiß. Wehtuweiß. Aber ihr tat nichts weh. Sehnsucht machte sie siegreich. Seine sogar sehr. Und siegreich war sie sehr gern. Das musste wohl etwas mit ihrer Kindheit zu tun haben. Was jedoch, das wusste sie nicht. Zu dumm. Eben so würde sie auch sterben, irgendwann, ganz genau so; insofern hatte sie keine Angst, was nicht immer gut war. Ein kühler Luftzug fuhr ihr über die Lippen. Die Siege waren das Echo ihres Handrückens an der Schläfe. Die klassische Migränehaltung, die sie in den Filmen aus den Fünfzigern gesehen hatte und in den Bars, bei den Tunten hinterm Tresen. Sie liebte Filme. Das Funkeln im Gras nahm zu, die Scherben fielen weiterhin und fielen und spiegelten hier und da das Blau der Vergissmeinnicht. »Schauspieler« hatte Hoppe zu Gründgens in Mephisto gesagt, also Göring zu Brandauer. »Schauspieler«. Sie wäre gern Schauspielerin geworden. Sie war gut. Sie liebte die lachenden lustigen Amerikaner. Ihre Migräne war großartig, ihr Schmollmund, ihr Cello, ihre Kleidung, ihre Begabung dies alles zu kombinieren, zu kontrollieren. Geiz macht wütend, aber Migräne macht Männern Sehnsucht. Es kommt immer auf den Effekt an. Guter Pop zum Beispiel, ist die ungewöhnliche Kombination von Gewöhnlichem, präzise dosiert. So etwas kostet. Das hatte sie von dem blassen Blutenden gelernt. Er war dumm, dennoch war er einst schwer zu kriegen gewesen. Das machte seinen Reiz aus. Was ihm nicht mehr anzusehen war. Sie kam ihn teuer zu stehen. Ja, billig war sie nicht. Nicht dass sie sich bezahlen ließ, das kam nicht vor. Geld spielte keine Rolle. Hatte sie welches, dann zog sie ihm was an, etwas, wofür sie ihr Geld ausgegeben hatte. Er, in ihrer Verpackung. Sie hätte ihm wirklich ganz gern die Hand gehalten. Sie liebte in den Filmen die Szenen mit Männern, worin diese ein Handtuch um die Hüften trugen. James Bond. Oder Spots für Mundwasser. Solche Bilder regten ihre Phantasie an. Wenn sich die Körper der Männer auf Laken streckten, wenn sie durch nasses Haar ihre Finger rutschen ließen, oder ihre Münder spülten vor Spiegeln in welche immer irgendwelche Geschosse hineingehörten. Sie sah dann die Handtücher. Kein Handtuch löste jemals das Versprechen einer dieser Szenen ein. Aufregend. Frottee rutscht nicht, dachte sie und wünschte sich dabei das Gegenteil. Sehr aufregend war das. Das Geräusch der kaputten Frontscheibe die herabfiel beruhigte sie. Und er blutete aus. Sie hatte ihn gern im Handtuch gesehen. Er hatte schöne Beine. Fest auf dem Boden stehend, was sehr reizvoll war. Die abgeschabten Stellen über seinem Hintern verursachten die Übungen, die er Tag für Tag auf der Matte auf dem Boden mit seinem Körper anstellte für seine Seele. Das Handtuch deckte die Stellen ab. Sie mochte seinen Hintern nicht besonders. Aber sie hatte entdeckt, dass sie da hinein konnte, mit ihren Fingern, mit möglichst vielen. Von da an wusste sie, dass sie ihn hatte. Er hatte einen Mann, er hatte einen Monitor, er hatte alles. Sie hatte ihre Finger und Geiz und wusste es. Es dauerte, mit Migräne und Cello und den Wörtern, die sie in den Filmen gelernt hatte. Sie war gut. »Begehren« hatte sie gelernt, und »flehen« und »innewohnen«. Sie lehrte ihn die Wörter sagen. Immer und immer wieder, »verzehren«. Das dauerte. Aber er lernte. Und er sackte immer öfter vor dem Monitor zusammen. »Skaliere Deinen Unterleib zur Passform der Gegebenheit« hätte sie manchmal murmeln mögen. Aber das war nicht ihr Stil. Sie war die Gegebenheit, gab sich nicht hin, gab bloß etwas her, etwas. Das dauerte. Sein Glied hingegen mochte sie. Es war leicht nach oben gebogen, lag gut in der Hand und reichte. Und es fasste sich gut an. Überhaupt fasste er sich fast überall gut an, bis auf die abgeschabten Stellen eben, die über seinem Hintern, die von den Übungen herrührten und auch nicht gut aussahen. Mit seinen Schultern hätte er in einen Spot für

Mundwasser gehört. Was ihm gut getan hätte. Sie hätte ihn dann auch geküsst. Und das, obwohl sie sich von anderen lieber küssen ließ, von Männern die anders waren, die meistens jünger waren, jünger als er. Er war älter als sie, erheblich älter. Was ihm nicht anzusehen war. Jetzt jedenfalls nicht. Männer, von denen sie sich küssen ließ, aßen keine Sushifische und keine Wetterfrösche. Eine andere Blutgruppe eben. Die waren nicht dumm, die waren bloß blöd. Die wussten bloß, dass ein Cello eine Geige ist. Mit keinem von diesen hatte sie je gefrühstückt. Die wussten, was sie wollten und sie wollte nichts anderes. Sie legte sich hin und ließ sie gewähren, wie bei einer guten Massage. Dann schickte sie sie zum Kühlschrank, Bier holen. Eine beschlagene Dose Bier an der Schläfe, oder auf der Stirn, tat gut. Später schickte sie sie weg. Oder sie schickte sie in eine Videothek, ein Video holen; diese Blonden mit den Lockenköpfen, Männer ohne Geheimnis. Eiweißpakete, unempfindlich für Geiz. Blöd genug, nicht dumm sein zu können. Männer die dumm waren, kamen als Touristen und wurden Pilger. Und blieben Gläubige. Blödheit war gottgegeben, Dummheit war selbstgemacht. Dummheit schrie nach Verantwortung. Männer mit Verantwortung waren selbstgerecht. Reizvoll. Sie selbst war ungerecht; sie war gut. Sie würde in den Himmel kommen. Und dort würde sie den Junkie treffen, im Himmel. Ein seltsam leuchtendes Wesen, ein leichtes, von dem sie träumte. Dort würden sie einander treffen. Kaffee käme jetzt gut, schwarz und rund im Gras, zwischen dem Glas und den Vergissmeinnicht und den wenigen wilden Stiefmütterchen, die gelb waren. Sie liebte die lachenden lustigen Amerikaner mit ihren stolzen amerikanischen Namen. Sie wollten immer ihr Babe zurück. Und wenn sie es dann hatten, dann sagten sie: »Komm, wir sehen zu, dass wir nachhause kommen.« Oder sie sagten: »Du schaffst es.« Oder: »Gib mir noch eine Chance.« Oder: »Irgendetwas ist da draußen.« Der Junkie war ihr damals auf der Straße entgegen gekommen, mit einer zerknitterten Bierbüchse in der Hand, nachts, im Sommer so wie jetzt, bloß eben nachts, spät, so gegen zwei. Er torkelte. Die Straße war überall beleuchtet. Aus den Bars kamen die Geräusche, die Gläser beim Spülen machen, und ein wenig Musik noch. Die Scherben hörten auf herabzufallen. Nun hörte sie kaum noch etwas. An manchen Stellen lagen die Splitter inzwischen so gut im Gras, dass es dort aussah, wie in einem Mojito, einem erstklassigen mit frisch gestoßenem Eis. Sie hörte eine Lerche. Irgendwo oben, wo sie nicht hinsehen konnte; es war Sommer. Bereits ein paar Meter vor ihr begann der Junkie damals zu reden; sie konnte sehen, dass er ulkige, irgendwie anrührende Grimassen schnitt beim Reden. »Du, hör mal, Du, kennst Du den.« Er war recht jung, in ihrem Alter damals. Er hatte so etwas Helles. Sie wollte an ihm vorbei, aber er breitete seine Arme aus, ein wenig nur, zog die Schultern ein und sprach sie dann mit einem Namen an, den sie sich gemerkt hatte. Der Name war gut. »Kennst du den: Eine Frau und ein Typ gehen die Straße lang und die Frau tut so, als ob sie den Typen liebt. Kennst du den«, fragte der Junkie. »Und der Typ sagt: Die Frau liebt mich.« Er zuckte mehrmals mit den Schultern und lächelte. Seither träumte sie von ihm. Sie war ihm dankbar. Zum ersten Mal in ihrem Leben war sie einem Mann dankbar, und das schon gleich auf der Straße, damals. Ein schönes Gefühl. Tags darauf dann hatte sie den Kardiologen: Zwei Wohnungen, zwei Kinder, eine kluge Frau. Für ihn nahm sie sich zwei Jahre Zeit. Den Namen aber hatte sie ihm nie gesagt. Sie hatte den Namen bekommen, und sie hatte ihn für sich selbst behalten. Nur für sich allein. Sie wollte und würde ihn niemals preisgeben, das wusste sie, niemals jemandem verraten. Nicht einmal Gott. Dieser Name war nur für sie da, nur für sie selbst. Nicht für den Kardiologen, nicht für den blassen Blutenden, der einmal sehr reizvoll gewesen war, der einen Mann gehabt hatte. Der Kardiologe hatte eine kluge Frau gehabt. Was ihr selbst für den Anfang genug war. Der hier aber hatte einen Mann gehabt. »Wer fickt schon Gehirne«, hatte dieser einmal gesagt. Er hatte das nicht gefragt; nur so dahergesagt. In ihrer Gegenwart. Wie dumm. Er war so dumm, so erhaben. Er machte es ihr leicht. Mann für Mann hatte sie es leicht. Die Rippe steckte in ihrem Körper. Aus seinem ragte sie heraus, durch das weiße Shirt hindurch, dass sie ihm gekauft hatte. Kein Vetoweiß. Sie hatte ihn in ihrer Verpackung; kapitulationsweiß bis auf die Rippe, nahezu flüssig. In letzter Zeit hatte er oft gezittert, wenn er sich neben sie legen wollte. Eva machen. Barbie gucken und Vergissmeinnicht. Anfangs hatte er gar nicht gezittert, als Tourist, damals, als er alles hatte, die Beine fest auf dem Boden, das Handtuch um die Hüften. Sie hörte die Lerche singen, sie dachte an den Mojito, an Rum, Minze und Limonen mit Rohrzucker auf granuliertem Eis und an den Namen, den sie genommen hatte so wie sie ihn bekam und sah vorn, im Gras, hinter den Vergissmeinnicht und den wilden Stiefmütterchen, deren

Gelb ein klein wenig kräftiger war als das der Sonne, ein ganz klein wenig kräftiger nur, den Engel. Die Stiefmütterchen standen vereinzelt. Die Scherben glitzerten. Die Sonne schien. Und er kam daher, wie es Engel so tun. So unaufhaltsam, erfolgreich; wie um nach ihrem Namen zu fragen. Es war ein beängstigendes Kommen. Sie spürte, dass es ein Kommen war, das von der Stille herrührte. Den Engel zog die Stille an. Sie wusste es. Sie war gut. Die Scherben knirschten. Er jedoch nahm das Knirschen nicht wahr. Sie dachte an das knisternde Eis im Mojito und an den Junkie. Wäre dieser ein Engel gewesen, wäre er hergekommen. Er, und kein anderer, wäre hier. Wäre er es gewesen, wäre sie still geblieben; ganz und gar still, um ihn nicht zu verschrecken. Der hier aber wusste ihren Namen nicht, und kam. Er kam, weil sie still hielt. Sie wusste es. Und sie wusste, dass es falsch war still zu halten. Er kam darum. Würde er etwas hören, bliebe er fort, sie wusste es. Sie brauchte Angst. Das, was sie brauchte, war nichts weiter als Angst. Er sollte ihr Herz schlagen hören, oder was auch immer. Ihren Namen würde sie ihm nicht sagen; um keinen Preis würde sie das tun. Ganz bestimmt nicht. Nicht einmal Gott würde sie ihren Namen sagen. Sie dachte in Begriffen wie Blamage und Intuition, in Bildern mit Libellen in der Wüste, in großen Schwärmen, in Tausenden. Und dann an ihr Herz. Früher, in den Träumen, die sie als Kind geträumt hatte, hatte sie ihren Herzschlag gefürchtet; ihr Herzschlag schien darin immer bestrebt, sie zu verraten. Als wollte er gehört werden. Und er hätte gehört werden können. Sie wäre gefunden worden, ganz egal wie fest sie ihre Augen geschlossen gehalten hätte, oder ihr Gesicht in den Schoß gedrückt hätte im Dunkeln. Jetzt aber konnte ihr Herz den Engel erschrecken, ihn davon abhalten durch das Gras zu gehen. Jetzt war das so ganz anders als früher, jetzt brauchte sie Angst. Die Angst würde ihr Herz schlagen lassen, ganz laut schlagen lassen. Das wusste sie. Sie hörte die Lerche. Die Lerche kümmerte den Engel nicht. Ihn lockte die Stille. Sie durfte nicht still sein. Sie musste ihn verschrecken. Gleich jetzt. Sie hätte gern ihr Cello hier gehabt. Aber es war nicht da. Und sie war regungslos. Sie zwang sich weiterhin zu denken. »Gott ist ein Zwerg, ein erbärmlicher Zwerg, der überall reinpasst. In die Grotte im Körper. In die Zelle im Berg. Gott ist ein gefährlicher Zwerg.« In ihren Träumen hatte sie als Kind manchmal hämische Lieder gesungen, gegen die Angst. Ihr fiel auf, dass sie sich im Text geirrt hatte, dass sie etwas verwechselt hatte und sang, mit entsetzlich langsam zunehmender Angst weiter. »Gott ist ein Zwerg, ein gefährlicher Zwerg, der überall reinpasst. In die Zelle im Körper. In die Grotte im Berg.« Und da, endlich, hörte sie ihr Herz. Es schlug. Ihre Angst war groß genug und ihr Herz schlug, sie hatte sich unter Kontrolle und sang den richtigen Text, lauter. »Gott ist ein Zwerg, ein gefährlicher Zwerg, der überall reinpasst. In die Zelle im Körper. In die Grotte im Berg. Gott ist ein gefährlicher Zwerg.« Der Engel aber blieb nicht wo er war, er blieb nicht stehen. Er kam. Scheinbar ließ er sich nicht verschrecken von ihrer Angst, von ihrem Gesang, von ihrem Herzschlag; und das, obwohl sie so gut war, obwohl sie so viel Angst hatte wie schon lange nicht mehr. Er kam und kam, und schließlich stand er vor dem Loch, wo zuvor die Heckscheibe drin gewesen war, in voller menschlicher Größe. Wäre der Engel ein Mann gewesen, hätte sie wohl nicht so viel Angst gehabt. Aber er war kein Mann. Zum Glück war er kein Mann. Wäre der Engel eine Frau gewesen, hätte sie gewusst, woran sie war. Sie mochte Frauen nicht. »Gott ist ein Zwerg«, sang sie. Der Engel schaute durch das Loch, wo vorher die Heckscheibe drin gewesen war, hinein. Dafür musste er sich bücken. Ihr Herz schlug schmerzhaft hektisch in der Höhe des Zwerchfells. So, wie zuvor nur bei Liebeskummer. Dem Engel war überhaupt keine Anteilnahme anzusehen. Er war gut. Sie kannte das von sich selbst. Gelassene Routine, Handwerk halt. Sie wusste das zu schätzen, ja. Sie wusste, dass sie aufhören konnte zu singen. Sie kannte das, nichts war mehr nötig. Was folgen würde, kannte sie. Und es war gut, dass sie das kannte. Sie hatte gelernt zu triumphieren ohne aufzufallen. Und sie wusste es zu genießen. Schon immer. Sie war gut. Sie konnte Anteilnahme simulieren, sie war besser als der Engel. Er würde ihr nicht die Hand halten. Sie atmete tief ein. Der Engel streckte sich. Er stand aufrecht und er winkte. Er winkte mit vier Fingern seiner rechten Hand, ohne den Daumen zu bewegen. Langsam, immer wieder, und bestimmt. Der Engel winkte ihm. Er stand da auf den Scherben und winkte ihm, um ihn mitzunehmen, ohne ihn dabei zu berühren, ohne Interesse zu bekunden. Das Bild von hinten: Die Routine der Langsamkeit. Wie auf den langen Korridoren auf der Station, wo die Patienten vom Personal begleitet werden. Das kannte sie, da war sie gut. Sie hatte gelernt zu triumphieren. Die Rücksicht als Job ist die Zeit die eh vergeht, und auch nur dafür bestimmt ist. Sie war wieder ganz ruhig, regungslos, ganz so wie es ihr behagte. Die Rippe steckte in ihrem Körper und ragte aus seinem heraus. Weiß und rot. Und es war vorbei. Kein Problem. Über Männer wusste sie seit langem genug. Dass Männer dümmer waren, als sie es selbst war, wusste sie zu beweisen. Sie würde in den Himmel kommen. Belege hatte sie genug. Sie und der Junkie würden in den Himmel kommen; morgen vielleicht, oder Montag, oder die Jahre darauf. Und sie würden Engel werden. Sie wusste, dass sie gut war.

Biografisches

Leonhard Lorek lebt und arbeitet als Autor, Journalist und Musiker in Berlin. Er veröffentlichte Erzählungen, Gedichte und Essays in zahlreichen Literaturzeitschriften und Anthologien. 1958 in Zabrze, Polen, geboren, gehörte Lorek in den 80ern zu den wichtigsten Exponenten der Dichterszene vom Prenzlauer Berg. Die von ihm initiierte und mitherausgegebene subkulturelle Publikation *schaden* gilt heute als legendär. Als Textautor und Musiker war er an Bands wie *teurer denn je*, *fett*, *la deutsche vita* und *Deut* beteiligt. Sein aktuelles musikalisches Projekt *Mendelsson* betreibt er gemeinsam mit Norbert Grandl, Sandro Chiesura und Evgenij Dvorkin. Zu den musikalischen Veröffentlichungen gehören u. a. Michael Dubach/Nino Sandow/Max Goldt: *Musik wird niemals langsam;* Dubach Deut: *Brauchen* sowie Mendelsson: *White Canary* und *31.*

Gösta Wellmer, 1978 in Dresden geboren und in Berlin West aufgewachsen, gestaltete für Mendelsson bereits die Album-Cover zu *White Canary* und *31.* Er studierte Kommunikations-Design an der Kunsthochschule Berlin-Weißensee und arbeitet derzeit als Interface Design Manager. Als Musiker entwickelt er gemeinsam mit seiner Frau Marcelina Wellmer Videoinstallationen für internationale Festivals.

VERBRECHER VERLAG

Elfriede Czurda

UNTRÜGLICHER ORTSSINN

204 Seiten
Broschur
14 € (28 SFr)

ISBN: 978-3-940426-31-4

Elfriede Czurda folgt ihrem Gespür für Orte in diesem Buch, lässt sich, als gezielt Umherstreifende, treiben, begegnet dem Ort der Kindheit ebenso wie dem Berlin, in dem sie lange Jahre Zuflucht vor der »Heimat« nahm. Sie lässt ihre Figuren am Flughafen auf Odysseus warten, in Yokohama und vorm Fernseher, der das Testbild zeigt. Sie nimmt die Spur der Opfer und der Täterinnen und Täter auf, spaziert durch die Literatur, den Literaturbetrieb und durch die Welt dahinter. Die hier zusammengetragenen Arbeiten sind Streifzüge durch kleine, nicht selten abseitige physische und psychische Örtlichkeiten, die in der größeren Prosa Czurdas keinen Platz finden, frühere Auftragstexte und viele neue kleine Prosastücke, die sich dem Umstand allzuvieler Bewegung zwischen Orten (in den Jahren der Übersiedlung von Berlin nach Wien und Japan) verdanken. Wertvolle Nuggets – ob nun als kleine Essays oder als kurze Erzählungen getarnt.

Verbrecher Verlag | Gneisenaustraße 2a | 10961 Berlin | info@verbrecherei.de

www.verbrecherei.de

VERBRECHER VERLAG

Elfriede Czurda

KRANKHAFTE LICHTUNG

Erzählungen

112 Seiten
Broschur
13 €

ISBN: 978-3-935843-96-6

»Sie will hochfahren schreien eine Stimme existiert nicht ihre Stimmritze öffnet sich nicht richtig eine Art Grunzen entfährt ihrer Kehle. Sie schämt sich versucht noch einmal einen Laut hervorzubringen grunzt.« Die drei Erzählungen von Elfriede Czurda zeigen ihre Protagonistinnen zwischen Wahn, Agonie, Traum und lichten Momenten. Die Sprache stellt sie, statt die »unangemessene« Verstörung zu decken, in einer Überbelichtung zur Schau. Es bleibt unklar, ob in »Die lecke Rede« Hannah oder ihr Mann Hakn, als dessen kategorische Projektion sie im Text erscheint, das umfassendere Wahn- und Projektionssystem zur Verfügung hat. Hakns allzu mächtigem imaginären Redefluss widersetzt sich Hannah, indem sie all die verschluckten »e« in einem großen Kotzen wieder erbricht (Gruß an George Perec). »Der Komparative Startschuss«: die extrem ungleichen Ausgangsbedingungen all ihrer ungleichen imaginativen Doppelgängerinnen zeigt Anna Na in einer trübseligen und trivialen Umwelt, die sie ins Wort zu setzen sich abmüht. Aber noch den Vornamen entzieht ihr die »Fabelhafte Anna«, um die sich alle reißen. Den Ausgleich zu der Härte eines kompetitiven Alltags scheint nur das zu bieten, was von den Verwöhnteren gemeinhin als Sozialneid abqualifiziert wird. Im angestrengten Kampf um die Wiedererlangung von Bewusstsein und Kontrolle nach schweren Verbrennungen geraten schließlich Hannah in »Weisser Geruch« immer noch »alle Brände der Welt« in ihren persönlichen Verantwortungsbereich.

Verbrecher Verlag | Gneisenaustraße 2a | 10961 Berlin | info@verbrecherei.de

www.verbrecherei.de

VERBRECHER VERLAG

Ronald M. Schernikau

KÖNIGIN IM DRECK

Texte zur Zeit

304 Seiten
Broschur
15 € (30 SFr)

ISBN: 978-3-940426-34-5

Dieses Buch versammelt erstmals Beiträge von Ronald M. Schernikau für Zeitungen, Journale und Anthologien. Zeittexte – Reportagen, Gedichtinterpretationen, Berichte, Glossen, Interviews –, die nach wie vor brennenden Fragen nachgehen: Wieso sind die Schlager der DDR so gut? Was macht ein revolutionärer Künstler ohne Revolution? Ficken mit AIDS? Das Besondre am Sonett? Wie wird ein Brötchen ein Brötchen im Sozialismus? Wofür verkaufe ich mich eigentlich, wie gehe ich mit Größe durch den Schund der Zeit? Die umfassende Auswahl belegt noch am kleinsten Text Schernikaus Zugriff: Leben ohne Haltung, Kunst ohne Politik wird nicht zu haben sein.

Verbrecher Verlag | Gneisenaustraße 2a | 10961 Berlin | info@verbrecherei.de

www.verbrecherei.de

VERBRECHER VERLAG

Giwi Margwelaschwili

DER KANTAKT

Originalausgabe
800 Seiten
Hardcover
36 €

ISBN: 978-3-940426-19-2

In »Der Kantakt« wird der große deutsch-georgische Autor Giwi Margwelaschwili erstmals selbst zu einer Figur seiner Lese- und Lebenswelten. 1995 ist er Stadtschreiber von Rheinsberg – folgerichtig liest er dort »Rheinsberg – Ein Bilderbuch für Verliebte« von Kurt Tucholsky.

Und er versucht, mit Tucholskys Liebespaar in Kontakt zu treten, um sie darauf aufmerksam zu machen, dass ihre Liebe daher unvergänglich ist. Dass sie immer, wenn ein neuer Leser das Buch aufschlägt, ihre wunderbare Romanze neu erleben werden, dass ganz im »schönen Augenblick« Goethes verweilen dürfen.

Doch die Kontaktaufnahme gestaltet sich schwierig. Zunächst erlebt Margwelaschwili skurrile Situationen. So lernt er »Hintergrundpersonen« der Geschichte kennen und philosophiert mit ihnen über ihre Wirklichkeit. Dem verliebten Paar aber kann er sich nicht nähern …

In diesem zum Teil autobiographischen Roman geht es zugleich um die Auswirkung des Kalten Krieges auf Margwelaschwilis Lebensumstände, um seinen intellektuellen Werdegang während seines erzwungenen Aufenthaltes in Georgien. Alles ist miteinander verwirkt und tritt in »Kantakt« zueinander.

Dieser mit viel Raffinement ausgeklügelte Essayroman befasst sich mit den Auswirkungen der Politik auf die Literatur und auf das 20. und das beginnende 21. Jahrhundert.

Verbrecher Verlag | Gneisenaustraße 2a | 10961 Berlin | info@verbrecherei.de
www.verbrecherei.de

VERBRECHER VERLAG

Giwi Margwelaschwili

VOM TOD EINES ALTEN LESERS

Erzählungen

200 Seiten
Hardcover
19,90 €

ISBN: 978-3-940426-14-7

Ein alter Mann wird tot aufgefunden, sein Kopf liegt auf dem Buch, in dem er eben noch ein Gedicht gelesen hatte. Merkwürdigerweise jedoch lebt der Geist des alten Mannes in dem Gedicht weiter, darauf hoffend, die Leserinnen und Leser auf die verborgenen Schönheiten des lyrischen Textes aufmerksam machen zu können. In einer anderen Erzählung sieht sich die Buch- und Versweltverwaltung genötigt, einen alten Diktator, dem es in seinem Geschichtsbucheintrag zu eng geworden ist, mit der Selbstlektüre seiner Werke zu beschäftigen – bis er um Gnade bittet! Kann sie außerdem den Reiter vom Bodensee davor retten, nach der Überwindung der Gefahr doch noch sterben zu müssen? In den sechs Erzählungen Margwelaschwilis wird die Welt der Texte, wie wir sie kennen, auf den Kopf gestellt und kräftig durchgeschüttelt. Und das sehr zur Unterhaltung seiner Leserinnen und Leser!

VERBRECHER VERLAG

Giwi Margwelaschwili

ZUSCHAUERRÄUME

Theaterstück

120 Seiten
Broschur
11 € / 20 SFr

ISBN: 978-3-940426-08-6

Normalerweise sitzen wir im Theater und erfreuen uns aus sicherer Distanz an dem blutigen Spektakel, an der für uns inszenierten Geschichte. Doch was passiert, wenn den Protagonisten auf der Bühne bewusst wird, dass sie nur zur Unterhaltung der Zuschauer agieren und leiden? Die Helden dieses Stücks versuchen, gegen die Realität des Theaters aufzustehen und ihre inszenierte Geschichte mit allen Mitteln zu bekämpfen, denn sie ist als Geschichte der Gewalt – leider, wie die Helden zugeben müssen – nur mit Gewalt zu beseitigen. Aber Vorsicht! Es lauern verräterische Gegenspieler, die auf der Seite der Zuschauer stehen, und auch die Komödie der Liebe will nicht untergehen. Giwi Margwelaschwili, der im Verbrecher Verlag zuletzt mit dem »Officer Pembry« das Genre Krimi literarisch verarbeitete, reflektiert in seinem Stück »Zuschauerräume« auf anspruchsvolle und zugleich amüsante Weise das Medium Theater. Ein historisch-ironisches Schauspiel, das auch als Lese-Stück bestens funktioniert.

Verbrecher Verlag | Gneisenaustraße 2a | 10961 Berlin | info@verbrecherei.de

www.verbrecherei.de

VERBRECHER VERLAG

Gisela Elsner

FLIEGERALARM

Roman

288 Seiten
Broschur
14 € (28 SFr)

ISBN: 978-3-940426-23-9

In dieser rabenschwarzen Satire führt Elsner eine Gruppe von Kindern vor, die in den Trümmerlandschaften, die die Bombenangriffe in den letzten Jahren des Zweiten Weltkrieges hinterlassen haben, regelrecht aufblühen. Im Gegensatz zu den Erwachsenen begrüßen die Kinder die Bombenangriffe, verschaffen diese ihnen doch immer neue Abenteuerspielplätze. In ihren Spielen imitieren die Kinder auf makabere Weise die Prinzipien und Strukturen des NS-Staates. Sie bezichtigen ihre Eltern der Feigheit, wobei sie selbst »hart wie Leder, zäh wie Kruppstahl« sein wollen. Doch bald bemerken die Kinder, dass ihnen für das authentische Nachstellen der NS-Zeit noch etwas Entscheidendes fehlt: ein KZ und ein »Jude« … »Fliegeralarm« ist der letzte zu Lebzeiten erschienene Roman von Gisela Elsner, die damit bereits 1989 einen Beitrag zu der erst zehn Jahre später einsetzenden Debatte um den Bombenkrieg in der deutschsprachigen Literatur leistete. Nach zwanzig Jahren erscheint dieser bedeutende Text, der bei seinem Erscheinen 1989 gänzlich missverstanden und fehlinterpretiert wurde, erstmals wieder im Rahmen der Gisela-Elsner-Werkausgabe. Die Herausgeberin Christine Künzel hat den Text auf der Grundlage des Typoskriptes letzter Hand überprüft.

Verbrecher Verlag | Gneisenaustraße 2a | 10961 Berlin | info@verbrecherei.de

www.verbrecherei.de

VERBRECHER VERLAG

Gisela Elsner

OTTO, DER GROSSAKTIONÄR

Roman

Herausgegeben nach der Typoskriptfassung letzter Hand von Christine Künzel

Originalausgabe
176 Seiten
Broschur
14 €

ISBN: 978-3-940426-09-3

»Otto, der Großaktionär« entstand in den Achtzigerjahren und wurde komplett fertiggestellt, ist jedoch zu ihren Lebzeiten nie erschienen.
Die Figur »Otto, der Großaktionär«, eine Randfigur in Elsners Roman »Das Windei« von 1987, erhält hier ein eigenes Leben: Da er einige wenige Aktien an der Chemiefirma hält, in der er bei Tierversuchen zuarbeitet, glaubt Otto Rölz, ein älterer Arbeiter, es könne ihm nichts passieren. Doch schon bald reicht das Geld nicht mehr, und um den Lebensstandart halten zu können, muss er sich nebenbei selbst lebensgefährlichen Medikamentenversuchen aussetzen. Doch selbst das verhindert nicht, dass er bald die erste seiner wenigen Aktien verkaufen muss …
»Otto, der Großaktionär« ist schon insofern eine Rarität, als dass sich Elsner hier erstmals mit der Lebenswelt der Arbeiter auseinandergesetzt hat. Und bedeutend ist diese Satire gerade jetzt, da »Volksaktien« Wohlstand für alle versprechen, die Teilhabe am Unternehmen aber nicht vor der Entlassung schützt. In ihrem Nachwort ordnet die Herausgeberin Christine Künzel den Text in Elsners Werk und in die Gegenwartsliteratur ein.

»Das Buch ist plakativ, satirisch, witzig, dabei aber doch psychologisch differenziert und voll unerbittlicher Beobachtungen.« Angelika Overrath in der NZZ über »Otto der Großaktionär«.

Verbrecher Verlag | Gneisenaustraße 2a | 10961 Berlin | info@verbrecherei.de

www.verbrecherei.de

VERBRECHER VERLAG

Gisela Elsner

HEILIG BLUT

Roman

Herausgegeben nach der Typoskriptfassung letzter Hand von Christine Künzel

256 Seiten
Broschur
14 € / 26 SFr

ISBN: 978-3-935843-82-9

Dieser Roman ist eine Rarität, denn zu Lebzeiten der vor 15 Jahren verstorbenen Gisela Elsner erschien »Heilig Blut« nur in russischer Übersetzung. Dabei war eine Publikation des Romans geplant, doch Auseinandersetzungen zwischen der Autorin und ihrem damaligen Verlag verhinderten letztlich ein Erscheinen des Textes. Diese Ausgabe, die von der Germanistin Christine Künzel nach dem Manuskript letzter Hand herausgegeben wird, ist also eine deutsche Erstveröffentlichung. In »Heilig Blut« nimmt Elsner die national geprägte Jägerkultur aufs Korn. Ältere Herren nehmen den Sohn eines erkrankten Kameraden mit in ihre Jagdhütte, um ihn das Leben zu lehren – eine Geschichte mit tödlichen Folgen. Wie stets nimmt sich Gisela Elsner auch in »Heilig Blut« die Zeit, um deutsche Gemütlichkeit in ihrer ganzen Grauenhaftigkeit zu zeigen.

Der Roman erschien anlässlich des 70. Geburtstages von Gisela Elsner am 2. Mai 2007.

Verbrecher Verlag | Gneisenaustraße 2a | 10961 Berlin | info@verbrecherei.de

www.verbrecherei.de